Arno E. Müller

Mein Leben mit Schatzi

Impressum

3. Ausgabe
© 2014 arno müller
layout@web.de

Texte, Grafiken, Layout: Arno E. Müller
Umschlag: Arno E. Müller
Alle Rechte vorbehalten

ISBN 9 783 735 751 102

Herstellung und Verlag:
BoD - Books on Demand, Norderstedt

Inhalt

Schatzi, hab' ich einen Vogel? 5

Schatzi, heute fahre ich Auto 8

Schatzi hustet, aber ich habe „nur" Schnupfen 10

Schatzi, ich radle mal 14

Schatzi liest Zeitung 16

Schatzi und die Feiertage 18

Schatzi und Schatz verreisen 20

Schatzi, es quietscht nicht mehr! 22

Schatzi, heute gehen wir sparen 24

Schatzi, ich bin pleite 27

Schatzi, überlege dir das noch einmal 32
Schatzi, ist dir auch kalt? 36

Schatzi, sind wir jetzt König? 39

Schatzi, wir bekommen Besuch 42

Schatzi, wir schättn heute 46

Schatzi, wir treffen uns am Rathaus 48
Schatzi, woran denkst du gerade? 52

Schatzi zieh' bitte die Handschuhe an 54

Schatzi, wir sind vernetzt 55

Schatzi, wir sind eingeladen! 58
Schatzi will geputzte Schuhe 62
Schatzi, wann haben wir endlich mal frei? 67

Schatzi braucht neue Schuhe 72
Schatzi, ich baue mir jetzt einen Gamer-PC 76
Schatzi begeht eine Indiskretion 78
Schatzi wird modernisiert... 81
Schatz, liebst du mich?...89
Schatzi, der Müll muss runter 91
Schatzi fährt Huschbahn 94
Schatzi, fühlst du dich gleichberechtigt? 96
Schatzi, komm endlich 97
Schatzi ist untröstlich... 100
Schatzi trifft Entscheidungen 104
Schatzi kommt heute zurück... 110
Schatzi kocht mediterran 116
Schatzi, wohin willst du? 119
Schatzi, es hat geknallt 124
Schatzi zweifelt.. 126
Schatzi, wir sollten mal wieder fliegen! 131
Schatzi, da ham wa den Salat.. 134
Schatzi zerstört mein Selbstbildnis 138
Schatzi und das Matrjoschka-Prinzip............................... 140
Schatzi schläft 144
Schatzi sieht alles anders... 149
Schatzi, was schenkst du mir?... 151

-

Schatzi, hab' ich einen Vogel?

Ehrlich liebe Leser, das ist keine Frage die ein Mann seiner Frau ohne weitere Überlegungen beantwortet. Einige Sekunden Pause, nach Luft schnappen und dann mit der Gegenfrage das Gleichgewicht wieder herstellen!
„Warum?"
„Schatzi, ich habe das Gefühl bei mir fliegt einer rum".

Ich habe nicht gefragt „Wo?"
Bei so vielen Ehejahren ist das nicht einfühlsam.
„Hattest du das Gefühl Schatzi? War ein Lufthauch von einem Flügelschlag über dein Antlitz gehuscht?"
„Nö, hier liegt Vogeldreck auf dem Küchentisch!"
„Ah ja" schob ich abwartend dazwischen.
Nur nichts übereilen.
„Ich war schon seit dem Frühstück nicht mehr in der Küche" ergänzte ich noch wahrheitsgemäß.
Jetzt traf mich ein Blitz aus Schatzis Augen.
Mit leicht zitternder Stimme flüsterte ich: „Wird schon nicht so schlimm werden, Schatzi. Sie haben heute schon bessere Behandlungsmethoden. Und „Stationär" ist eh' kein Platz, dort gibt es nur Suizidgefährdete. Selbstverständlich würde ich dich dort täglich besuchen, aber wir versuchen es erstmal mit einfachen Hausmitteln ehe wir schwere Geschütze auffahren. Beantworte mir bitte die folgenden Fragen:
Welche Farbe hat der Vogel?
Wie groß ist er?
Hat er Krallen oder Klauen?
Welche Flügelspanne hat der Vogel?".
In Schatzi's Gesicht entwickelte sich gerade ein schweres Gewitter. Serienweise trafen mich Blitze. Beim Zeus! Graue Wolken zogen über ihre Stirn. Ihre Lippen formten die alles entscheidende Frage: „Denkst du ich habe einen Vogel?"
„Niiiicht?" stotterte ich.
Zum Glück konnte ich noch sehen, dass sie die Suppenkelle

aus der Hand legte als ich mehrere Schritte zurück trat und sie mir hinterher hechtete.

„Ich will wissen, wo der Vogeldreck herkommt, der hier überall herumliegt!"

„Ich war es nicht!" klagte ich hilflos.

„Wäre ja auch noch schöner. Es macht mir auch nicht immer Spaß dir deinen Dreck nachzuräumen. Ohne dich habe ich auch genügend zu tun".

Ich legte eine Minute des Schweigens ein und senkte schuldbewusst den Blick. (So ist sie. Immer sorgt sie sich um mich.)

Plötzlich fühlte ich einen stechenden Schmerz auf meinen enthaarten Kopf (Glatze haben die Anderen. Mir sind einfach nicht die Haare nachgewachsen). Das waren bestimmt meine schmerzhaften Gedanken, die sich da fest krallten. Ich wartete geduldig bis der Schmerz nachlassen konnte.

Schatzi guckte mich an und prustete laut los: „nicht ich habe den Vogel; du hast ihn!!"

Kennt ihr eine umgekehrte Schuldzuweisung? Ich weiß auch nicht, was das ist, aber es sollte so etwas geben. Jetzt hatte ich den Vogel. Und das nur, weil ich Schmerzen am Kopf hatte und sie nicht zum Arzt wollte.

Schatzi holte weit aus und griff über meinen Kopf. Ich duckte mich angstvoll, aber als sie ihre Hand wieder zurückzog, saß ein Wellensittich auf Schatzis Zeigefinger.

Als ich meine Brillengläser etwas umständlich mit meinem baumwollenen Hemdzipfel geputzt hatte (Baumwolle ist weicher als die üblichen Tücher und der Hemdzipfel rutscht immer wieder aus der Hose, egal was ich anstelle.) konnte ich das niedliche kleine Tierchen sehen. Ganz in gelb. Mit dem Köpfchen nickend und genauso angstvoll schauend wie ich vorhin.

Da plumpste mir doch glatt ein kleines Steinchen vom Herzen. Tat nicht weh, als er mir auf den Fuß fiel.

Ich zog das Vöglein zu mir heran, pfiff etwas, was wie ein Lied klingen sollte und flüsterte ihm zu: „Na du kleiner

Racker, hast und ganz schön Nerven gekostet. Sag mal woher du kommst!"
„Tschiiip".
So ging das nicht. Er verstand mich nicht und ich ihn nicht.
Ein lautes Geräusch schreckte mich aus dieser intimen Unterhaltung. Meine Enkelin stand verstört in der Küche.
„Habt ihr meinen Vogel gesehen? Eben habe ich ihn gekauft und wollte ihn in den Käfig setzen, aber er entwischte mir. Nun finde ich das saublöde Vieh nicht mehr.

Ich hob den Zeigefinger: „Urteile niemals vorschnell. Wenn dein Vogel dich nicht versteht heißt das noch lange nicht, dass er blöd ist. Das ist wie bei den Menschen. Er ist Australier und du bist eine Deutsche. Das muss erst zusammenwachsen. Und die Sprachhürde muss auch erst überwunden werden. In jeder Zeitung steht, dass wir Deutschen nicht tolerant gegenüber Ausländern sind. Ich habe Jahre darauf verwendet, dir einzuhämmern, dass Fremde zwar Ausländer sind, aber auch Menschen wie du".
„Ehrlich Opa, ich glaube du hast einen Vogel!"
　　Sie hielt ihren Finger hin, der Vogel hopste fröhlich zwitschernd hinauf und beide verschwanden.
Schatzi guckte mich lächelnd an, tippte sich an die Stirn und meinte: „Die hat einen Vogel."
•

Schatzi, heute fahre ich Auto

„Schatzi, heute fahre ich Auto."
„Ich will mit" echot es aus der Küche. Kennt ihr das? Keine Frage nach dem 'Wohin' – nur „Ich will mit!"
　　　Aus der Traum vom einsamen Jäger mit über 100 PS. Mein kleines "Tigerchen" schafft locker 180 km/h. Aber nur wenn ich Solo fahre. Sitzt mein Schatzi drin, gehen kaum 80 km/h. Sie wirkt wie eine Bremse. Als wenn mein "Tigerchen" das merkt. Es folgt mir nicht. Kaum drücke ich aufs Pedal ertönt es neben mir: "Schatzi hast du nicht das Schild gesehen?"
„Jaaaaaaa doch"
Neulich wieder. „Schatzi, ich fahr mal kurz."
„Ich will mit."
Ich streichle mein "Tigerchen" knurre zu meinem Schatzi, das gerade noch die Wangen nachfärbt und die Halsketten passend zu Dekolleté wählt. „Nu mach schon!"
Und ab geht's über die Landstraße. Schön rein in die Kurven, schön raus aus den Kurven. Schatzis Kaffee schwappt, wenn sie sich im Sitz hin und her wiegt. Mein Blick fern am Horizont. Weiß bemalte Alleebäume sausen an uns vorbei.
Mein Schatzi: „Hast du nicht das Schild gesehen?"
Ich bremse kurz ab. Den Kaffee hält's nicht in der Tasse.
Sie guckt mich so komisch an.
　　　Baustelle. Spaßbremse für jeden Fahrer. Ich weiß ja, sie tun es nur für mich. Aber es bremst eben.
Ich überhole einen Radfahrer. Schick sieht er aus. Alles hauteng an ihm. Schatzi guckt unentwegt nach rechts. Selbst die Tachonadel lenkt sie nicht ab. Eng so eine Baustelle. Von wegen 1,50 Meter Abstand vom Radler. Geht nicht. Und hinter ihm fahren? Ich gebe mir doch keine Blöße. Ich weiß, was mein "Tigerchen" kann. Gleichauf mit den Radfahrer geht's durch die schmale Gasse.

Endlich Ende der Baustelle. Mein Fuß drückt das Pedal –

mein Schatzi dreht den Kopf nach hinten und seufzt vernehmlich.
Vor mir die endlose Landstraße. Schatzi schimpft über Kaffeeflecken. Kleinlich.
Ich bin wieder der Jäger.
•

Schatzi hustet, aber ich habe „nur" Schnupfen

Ein ur-gewaltiger Donner riss mich vom Kissen. Ich saß im Bett.
Mit weit aufgerissenen Augen starrte ich ins Dunkel. Meine Urinstinkte warnten mich vor Gefahr. Aber ich konnte nichts erkennen.
Da sagen die Mediziner immer, dass ein abgedunkeltes Zimmer einen ruhigen Schlaf gibt, aber so kann ich drohende Gefahren nicht erkennen.

Ich versuche es jetzt mit den Ohren.
Tiefes Atmen erreicht mein Ohr. Dazwischen undefinierbares Röcheln. Jemand ringt nach Atem.
Ein tiefes Luft holen und wieder dieser Donner.
Das tat jetzt aber meinen Ohren weh. Mein strafender Blick zu Schatzi versank in der Finsternis. Jedenfalls sagte mir Schatzi am folgenden Morgen, mit rauer Stimme, dass sie nichts gesehen hatte.
Besorgt fühlte ich ihre Stirn. Keine erhöhte Temperatur. Meine Besorgnis legte sich.
„Wirst wohl einen Husten haben, Schatz!"
Schatzi nickte dankbar für meine treffende Diagnose.

Unser Tag lief wie jeder Tag.
Ich will den geneigten Leser nicht mit den intimen Details langweilen, aber die Vorbereitung von Mahlzeiten nimmt doch einen großen Teil unserer knappen Freizeit in Anspruch.
Als Verfechter großen Freiheitswillen und großzügig genehmigten Durchsetzungsvermögen ist es mir weitgehend gelungen mich von feuergefährlichen Herden und heißen Töpfen fernzuhalten. Erst wenn Töpfe und Pfannen leer sind, kann ich sie ohne Schaudern ansehen und auch nach erfolgter Reinigung trocken reiben.
Wieder zu Schatzi. Voller Mitgefühl hörte ich ihren donnernden Husten aus der Küche.

„Soll ich dir das Fenster öffnen? Hier sind ja tropische Verhältnisse. Das Kondenswasser läuft ja schon an der Fensterscheibe hinunter."
Schatz schnappte nach Luft und meinte nur „Kannst ja machen, aber ob das hilft? Aber wir haben ja bald Arzttermin."
Ich nickte zustimmend: „Musst aber sagen, dass du schweren Husten hast!"
„Wenn ich belle, hat der Arzt keine Fragen mehr".
Schatzi ist eben immer konkret.
„Schmeckt's heute wieder?" interessierte ich mich.
(Männer! Zeigt Interesse, wenn eure Liebsten am Herd schuften. Ihr bekommt nicht nur ein schmackhaftes Essen, sondern auch noch ein dankbares Lächeln dazu.)

Krächzend hob Schatzi einen Topdeckel hoch und mir stieg der Duft von frischem Gemüse in die Nase.
„Pass auf, dass du dich nicht noch mehr erkältest. Es zieht vom Fenster!"
Mein gut gemeinter Rat ging in einem fürchterlichen Husten unter. Ich konnte gerade noch einem heißen Kochlöffel ausweichen, den Schatzi schwungvoll durch die Küche schleuderte und verschwand irritiert durch die Küchentür.

Fast goldene Hochzeit. Da darf ich doch mal Besorgnis äußern?
Die nächste Nacht war „Schlafen in Etappen".
Der folgende Tag war für mich eine Katastrophe. Ständig dieses schmerzhafte Bellen.

Jetzt begann auch noch meine Nase zu triefen.
Ich ertrug beides tapfer. Husten von Schatzi und meine "Triefnase". Mich wunderte nur, dass sich kein Mitbewohner im Haus nach unserem neuen Hund erkundigte.
Ich ging jedenfalls noch öfter meinem Schatzi bei ihren Beschäftigungen hinterher und erkundigte mich mitfühlend nach einer eventuellen Besserung. Muss aber nichts geholfen haben.

Ich hatte inzwischen mehrere Packungen Papiertaschentücher verbraucht. Meine Nase tropfte nicht mehr – sie lief. Mein Kopf brummte. Ich litt wie ein Mann. Nur Männer können mit einem Schnupfen so ehrlich leiden. Das erweicht einfach das härteste Frauenherz.

Schatzi flitzte zur Hausapotheke und suchte Mittelchen, die mir Erleichterung bringen könnten.
„Wir haben einfach nichts für dich hier. Schade Schatz!"
Ich hielt mir schnell das nächste Taschentuch vor meine Nase und schniefte gequält: „Ist ja nur ein Schnupfen und morgen ist ja Arzttermin."
Schatzi drückte meinen Arm. Sie bewunderte wohl meine Standhaftigkeit?

Bei meinem Arzt verlief für mich alles wie gewohnt. Er ignorierte meinen Hinweis auf meinen Schnupfen und schrieb etwas in meine Akte. Ich hörte nur mein eigenes Schniefen.
Plötzlich wieder dieser Donnerhall. Der Doktor zuckte zusammen. Erschrocken fragte er mich: „Ist ihre Frau auch im Warteraum?"
„Ja" kam es ahnungslos von meinen Lippen.
„Wenn sie will, kann ich sie ja auch gleich nach ihnen untersuchen Herr Müller. Das klingt ja fürchterlich."
„Sie hat aber erst später einen Termin bei Frau Doktor."
Er griff zum Telefonhörer und klärte das mit seiner Kollegin.
Ich schickte also mein Schatzi sofort nach mir ins Ordinationszimmer.
Inzwischen dachte ich nicht weiter über meine Schniefnase nach, sondern grübelte wie ein Arzt eine ehemalige Patientin am Husten erkennen kann.
Endlich kam Schatzi wieder zum Vorschein: „Ich bekomme noch einen Tropf. Kann etwas dauern."
Natürlich wartete ich!
Ich nahm ihre Sachen und setzte mich in den Warteraum.

Ich wartete. Ich wartete immer noch. Der Begriff "Warteraum" wurde mir vor Augen geführt.

Nach gefühlten Ewigkeiten schlich ich mich zu Schatzi. Sie hing immer noch am Tropf.

Etwas näselnd lästerte ich: „In deinem Alter hängst du immer noch an der Flasche?"

Endlich war alles vorbei.

Jetzt erfuhr ich die ganze Wahrheit: Thorax röntgen, Labor, Arzttermin.

Am Abend fand ich endlich wieder Worte.

„Morgen sollten wir neue Papiertaschentücher kaufen. Mir rennt förmlich die Nase weg.

"Eine Woche kommt er, eine Woche geht er, warf ich heldenhaft in den Raum.

Schatzi hustete statt einer Antwort.

War sie jetzt verschnupft?

•

Schatzi, ich radle mal

Das war endlich fällig. Ich holte nach langer Zeit mal wieder das Fahrrad aus dem Keller. Dann noch meine flotte Kluft. Den Kopfschutz noch und der Außerirdische war fertig. Schatzi guckte aus der Küche. Augen wie Wagenräder. Jetzt trumpfte ich auf. Ich hatte das mit dem Radler in der Baustelle noch nicht verwunden.
„Wo fährst du hin".
Das war ihr Kontrollgen.
„Äh, mal sehen".
„Aber um sieben biste wieder hier, da mach ich das Essen warm. Wenn ich das mehr als dreimal mache, schmeckt's auch nicht mehr."
„Klaro" grinste ich.
Ein Klaps auf den Po und ich war entlassen.
Jetzt begann die Freiheit. Ich flog förmlich dahin. 27 Gänge – Leute, das macht was her. Nicht mal Autos haben so viele Gänge. Mickrige Kisten! Ich gab alles, was ich in meinen Spargelwaden hatte. Fetzig, wenn ich die Angeber in ihren teuren Schlitten überholte. 30, 50! Die waren wirklich mies dran. Welcher Radler guckt auf die Schilder? Müssen Radfahrer überhaupt Straßenschilder kennen? Gibt ja nicht mal Schulen dafür. Also! Ich preschte noch haarscharf zwischen einem Pärchen durch, dann noch schnell über die Kreuzung ehe die Autos „Grün" haben.
Mein Schatzi weiß es nicht, aber mein Kumpel wartet immer an der Theke - drei Dörfer weiter. Radle mal die Kilometer bis dorthin, dann weißte auch, wie Bier schmeckt. Als der Wirt die zweite große Maß vor mich stellte, grinste er: „Wenn ihr mit dem Auto hier wärt, müsste ich euch den Schlüssel wegnehmen."
Tja, das ist eben die Freiheit beim Radeln. Das Fahrrad hat nur zwei Schlösser. Ein Kettenschloss und das Fahrradschloss.
Ich flog dann förmlich nach Hause. Deutschland braucht ein Hupverbot. Fast die gesamte Strecke nur Gehupe um mich

rum. Das nervt! Was habe ich mit den vielen Schildern am Straßenrand zu tun?

Warum mein Schatzi kein Fahrrad hat?
Wir wollten ihr ja eins kaufen, aber da gab es zwei kleine Problemchen. Der Verkäufer zeigte ihr ein wunder-schönes Rad. Nabenschaltung. Scheibenbremsen, Computer am Lenker. Da hätte sie immer die aktuelle Zeit ablesen können und die verbrauchten Kalorien. Was macht Schatzi?
„Ist der Sattel nicht zu klein? Damit fahre ich nicht, da hängt ja immer was drüber. Dann hängen die Leute in unserer Straße nur noch am Fenster.
"Neeee!"
Aber dann zuhause kam sie mit der Sprache raus. „Bei euch Männern ist das ja anders, aber wenn ich als Frau auf einem Sattel sitze dann drücke ich doch alles platt! Oder? Willst du mal sehen, wie das aussieht?
Sie presste mit vier Fingern die Lippen zusammen und zog sie dann auseinander.

•

Schatzi liest Zeitung

„Schatzi, wir werden immer weniger."
Schatzi guckte mich mit einem langen Blick über ihre Zeitung an.
Gemächlich schob ich mir den Rest meines Marmeladenbrötchens in den Mund.
„Hast du nicht gehört? Wir nehmen ab!"
„Na, deswegen esse ich doch Marmelade statt Wurstbrötchen."
„Tagsüber geht's so mit deinem Kopf, aber morgens..."
Schatzi machte eine Handbewegung. Sah wie wegwischen aus.
Ich legte gerade meine klebrigen Lippen zum Schmollmund zusammen, als mein Schatzi endlich ihren Satz beendete.
„Wir werden immer weniger. Das sagt das Statistische Bundesamt."
„Hast du heute schon mit denen gesprochen?"
„Oooh Mann! Das lese ich hier in der Zeitung. Die Bevölkerung in Deutschland nimmt ab."
„Und du glaubst, was die schreiben? Ich mache doch gar keine Diät. Woher wollen die wissen, ob ich abnehme?"
„Nimm endlich deinen Kaffee. Das geht mir heute zu weit. Ich versuche Dir zu erklären, dass wir Deutsche immer weniger werden."
Das ist Schatzi. Erst kann sie keine verständlichen Sätze sprechen und nun soll ich begriffsstutzig sein.
Ich schwieg verstockt.

Sie senkte den Kopf wieder in die Zeitung und las: „Die Bevölkerung Deutschlands nimmt immer noch ab, trotzdem aus aller Welt Umsiedler und Asylanten ins Land kommen. Wir sollten unbedingt unser Asylrecht überarbeiten. Das meinen auch die Demografen."
„Also rechts reicht's. Ist ja wie im Feudalismus. Der Adel kümmert sich um unseren Nachwuchs. Will er auch wieder das Recht der ersten Nacht?"

„Demografen sind Bevölkerungsstatistiker."
„Sag das doch gleich. Ich bin ja kein Rassist, aber Fremdwörter passen mir nicht.
Und wie soll das nun gehen mit dem Nachwuchs?"
„Schatz! Du weißt doch, wie das geht. Hast du schon bewiesen!"

Au! Jetzt ist sie böse. Sie hat nicht Schatz gesagt. Sagt sie sonst immer. Dabei liegt immer so ein zartes Lächeln um ihren Mund.
„Ach ja", seufzte ich.
„Was ach ja?"
„Um das Mal klar zustellen – ich habe mein Soll erfüllt. Haben wir keine Kinder? Keine Enkel? Keine Urenkel? Was soll das? Die können schreiben und rechnen was sie wollen; ich bin im Ruhestand!"
Schatzi ließ die Zeitung sinken und guckte mich still und lange an...
•

Schatzi und die Feiertage

Ich hab's ja nicht so mit den Feiertagen. "Typisch Mann" werdet ihr nun sagen. Nee, typisch ICH, wie andere Männer ticken interessiert mich wirklich nicht. Geburtstage? Muss ich mir nicht merken. Stehen im Kalender!
Hochzeitstag? Kann ich mir nicht merken. Erkenne ich am Gesicht von Schatzi! Einladungen? Stehen im Kalender an der Wohnungstür. Kann ich immer sehen, wenn ich die Wohnung verlasse. Aber Schatzi bietet mir auch kleine Gedächtnisstützen: „Willst du dich nicht endlich anziehen? Wir sind bei Susi eingeladen."
Feiertage? Da ist es schwieriger. Ein Anzeichen sind die Angstkäufe von Schatzi. Werden meine schlaffen Armmuskeln strammer und geht der Kontostand gegen null naht ein Feiertag.
  Auch ihre anderen Hilfsmittel erinnern mich an wichtige Feiertage.
„Willst du wie ein Pfingstochse rumlaufen?" So etwas sagt Schatzi zu meiner Krawattenwahl.
"Du läufst hier rum wie ein Weihnachtsmann!" So etwas sagt Schatzi, wenn ich mich ewig nicht rasiert habe.
"Da bleibt mir nur noch ein schwacher Protest: „Der hat aber den Sack auf dem Rücken!"
Es gibt aber auch Sätze, die ich wirklich nicht deuten kann. Diesen hier: „Hast du den gesehen? Bei dem sind die Glocken auch länger als der Strick!" So was flüstert Schatzi mir am FKK-Strand zu. Weit und breit keine Kirche.
Wie gesagt, manchmal werde ich aus ihrem Reden nicht schlau.
Zum Beispiel Ostern.
Da kann es passieren, dass ich am Frühstückstisch plötzlich rote oder blaue Eier im Eierbecher habe. Nicht so schön „pflaumenweich" wie ich sie gern habe. Nein, kalt und hart! Ich fühle blankes Entsetzen. Und Schatzi?
„Schatz, heute ist doch Ostern!"
Au! Schon wieder ein Feiertag. „Zwei" werde ich korrigiert.

„Und warum sind die Eier nun bunt?"
„Die hat doch der Osterhase gebracht."
„Und wie werden die so bunt?
„Na, die futtern doch Möhrchen!"
„Und die Blauen?"
„Weiß nicht. Vielleicht war ein Hase Alkoholiker?"
"Karpfen blau" ist mir ein Begriff. Blauer Hase?
„Schatzi" frage ich weiter vorsichtig „Warum sind die Eier heute so kalt?"
„Denkst du die Hasen wollen Brandblasen unterm Stummelschwanz?
Du kannst aber auch über alles meckern. Da reißen sich mal welche für dich den Hintern auf und du maulst rum!"
Schatzi weiß alles. Mit ihren Gegenfragen bringt sie mich immer in Verlegenheit.
Osterlamm, Osterspaziergang, Osterglocken, Osterwiese mit Ostereiern. Ostern ist anstrengend.
Als wir abends endlich wieder zuhause waren, streckte ich meine schmerzenden Füße aus.
„Schatzi, das war ein schöner Tag heute, aber jetzt bin ich völlig platt!" sagte ich erschöpft.
Wir guckten uns noch im Fernsehen an was die Anderen so Ostern getrieben haben. Das wich kaum von meinen eigenen Erlebnissen ab. Ich begann mit den Augenlidern zu klappern und döste so langsam weg.
Als ich die Augen wieder aufschlug, war es dunkel im Raum.
„Schatzi?" flüsterte ich suchend. Ich hörte es rascheln.
„Schatz! Wir sollten jetzt Eier suchen!" hörte ich flüstern.
Legen Osterhasen auch fluoreszierende Eier? Schatzi sagt nein! Ich denke sie findet immer, was sie will.
Da fällt mir noch ein Zitat ein. Ich hatte es mal in Plattdeutsch gelesen, aber leider bin ich kein Sprachkundiger. So bringe ich es hier in Hochdeutsch.
"Wer kann für Gewalt, sagt das Mädchen und trug den Kerl ins Bett."

-

Schatzi und Schatz verreisen

Das muss auch mal sein. Deutschland sollte es sein und fast umsonst. Der Zielort war schnell gefunden. Ein Anruf und schon war das Zimmer gebucht. Null Problemo!
Nun noch „Die Bahn" überzeugen, dass Deutschlands bekannteste Hungerleider fast umsonst ca. 400 Kilometer und noch ein paar fahren wollen. Der Bundesbahnfahrkartenschalterangestellte war auch sehr angetan von unserem Ansinnen. Zwei, drei Tasten am Terminal gedrückt und lächelnd: „Macht 518 €".
„Für beide?"
„Ach, sie wollen zusammenfahren?"
„Zusammen gefahren bin ich schon beim Preis.
Klar wollen wir gemeinsam fahren. Oder lassen sie so was Hübsches wie mein Schatzi, unbeschützt den gierigen Blicken der Single-Nachbarn ausgesetzt, zu Hause?"
Ich spürte den warmen Händedruck meines Schatzis, während mich der Bundesbahnfahrkartenschalterangestellte kalt musterte.
„Also für zwei. Ich gucke noch mal nach Angeboten. Ich habe hier etwas für zwei Personen Hin/Rück für 480 €".
Ich legte eine Falte mehr in mein Gesicht und zeigte auf meinen Kopf: „Will mir "Die Bahn" die Haare vom Kopf fressen?"
„Welches Haar denn?"
Jetzt wurde er unwirsch.
Ich trumpfte auf: „Entweder für die Hälfte oder gar nicht."
Der Bundesbahnfahrkartenschalterangestellte klapperte mit den Augenlidern und auf der Tastatur. Ab und an schniefte er vor Anstrengung.
„Mein letztes Angebot sind 142 € für Sie und ihren Schatz. Hin und Zurück."
Schatzi juchzte: „Das will ich!"
„Ja, das ist so: Mein Schatzi will das, und wenn sie was will zeige ich mich nicht knauserig.
„Ist gebongt!" sage ich zu dem

Bundesbahnfahrkartenschalterangestellten.
„Gut. Nun wissen Sie, was Sie wollen. Sie kommen dann genau 3 Monate vor dem Abreisetag hierher an das Bundesfahrkartenterminal und können dann ihre Karten kaufen. Dazu kommen noch die Platzkarten und die Reise-Rücktrittsversicherung."
Schatzi drückte noch einmal meine Hand und flüsterte: „Wenn du nicht so hart verhandelt hättest wären wir jetzt pleite."
Ich hätte auch gleich nach dem 29,90-Preis fragen können, aber es ist immer wieder schön, von Schatzi bewundert zu werden.

•

Schatzi, es quietscht nicht mehr!

Schatzi macht sich Gedanken. Ich sehe es an ihrer Stirn. Nicht was ihr so denkt. Keine Stirnfalte. Aber mein Schatzi doch nicht. Nirgends Falten, außer die Mode schreibt es vor. Wenn Schatzi grübelt, habe ich immer das Gefühl über ihre Stirn läuft eine Leuchtschrift ab. Leider kann ich sie nicht lesen. Ich muss immer warten, bis sie es ausspricht.

Jetzt spricht sie: „Schatziiii, warum heißt es eigentlich "Verreisen" und nicht "Verreißen"?
Die Leuchtschrift blinkt. Mein Bildungsschatz ist gefragt. Ein Ruck und mit erhobenen Zeigefinger doziere ich: „Ja Schatzi, wenn du verreist trittst du eine Reise an. Du reist hin oder fort. Reist du hin - freust du dich. Reist du fort - ist das traurig. Ist doch klar? Oder?"
„Schatzi bist du traurig, wenn ich fortreise?"
Ich hatte das Gefühl, das ich auf der Stirn eine tiefe Falte bekam. „Niemals würde ich von dir fortreisen. Das würde mich verreißen."
„Zerreißen!" konterte sie. „Das bleibt egal. Ist nur eine dialektische Frage. Dazu ist nur dein Wohnort wichtig."
„Und wenn ich sage: "Ich verreize"?"
„Das Wort kenne ich nicht".
„Aber ich reize dich doch?"
„Ja, klar. Gerade jetzt!" betonte ich etwas bissig.
„Und wie reizt man?"
„Schatzi, das war früher so. Da zeigte das Mädchen oder die Frau den Fußknöchel und der Mann war gereizt."
Ihre Stirn arbeitete wieder. Dann legte sie ihr Bein über meinen Schoß.
Sie drehte ihren Fuß: „Fesseln dich wenigstens meine Fesseln?"
„Das hat jetzt aber nichts mit verreisen zu tun!" drehte ich das Thema zurück.

So ist sie. Immer weiß sie, wie sie mir wesentliches Wissen

entlocken kann. Wie sagt der Gelehrte? Sie partizipiert von meinem erworbenen Wissen um das Ihrige zu vervollkommnen. Den Gleichstand kann ich nur verhindern, wenn ich Computerzeitungen lese. Die mag sie nämlich nicht.
Völliger Quatsch. Ich will eigentlich etwas Anderes erzählen.
Heute früh. Ich war noch in den fernen Welten meiner Träume. Da hoben mich Engel empor, fragten mich nach meinen Wünschen. Trugen mich von Wolke zu Wolke. Badeten und salbten mich. Ich tauchte den Finger in den himmlischen Honig. Als ich die Süße auf meinen Lippen spüren wollte, drang ein schriller Schrei an mein Ohr und ich stürzte aus meinem Traum ins Bodenlose.
„Schatzi, es quietscht nicht mehr" jubelte es neben mir.
Probeweise öffnete ich ein Auge und sah zwei glücklich strahlende Augen über meinem Gesicht.
„Schatzi, es quietscht nicht mehr" hopste sie in ihrem Bett.
„Soll es denn?"
„Nein" ich wollte mich nur vergewissern, dass ich endlich zuhause bin."
„Bist du doch auch. Wir waren doch verreist und sind doch gestern wieder zurückgereist."
„Willst du mich heute wieder belehren? Ich will nicht mehr das "Verreisen" hören. Da kommst du vom Hundertsten ins Tausendste und zum Schluss sind wir Beide Verreizt."

Ich hoffe diese kleine Freude ihrerseits gibt sich morgen wieder. Wurde ich den letzten Tagen von riesigen Dom- und Kirchenglocken geweckt, so war ich gestern völlig entspannt ins Bett gegangen in dem Bewusstsein, dass ich mindestens "Bis in die Puppen" schlafen kann.
Langsam kam ich zu mir und sah ihre erwartungsvollen Blicke.
„Schatzi, wäre schön, wenn wir beide das Gleiche fühlen könnten" flüsterte ich und rückte hinüber.
„Jaaaaa!" quietschte sie.

-

Schatzi, heute gehen wir sparen

Ehrlich?
Wenn ich nach meinem Geld gucke, so ist es schon wieder weg, ehe ich überlegt habe, was ich mir Schönes kaufen könnte, wenn ... ja, wenn ich noch Geld hätte.
Gestern wieder. Ich sehe hin – weg ist es. Das Geld.

„Schatzi!" rief ich völlig konsterniert. „Schatzi, wir müssen sparen".
Ich blickte Schatzi streng an. Dazu machte ich mein extra ernstes Gesicht. Schatzi sollte merken, wie ernst es mir mit dem Sparen ist.
„Warum? Das machen wir doch schon fast 50 Jahre. Und jetzt fällt dir erst ein, dass wir sparen müssen?"
„Aber wenn wir schon 50 Jahre sparen wohin hast du das Geld dann getan?" guckte ich sie interessiert an. Beim Betten beziehen hatte ich nie etwas unter der Matratze gefunden."
„Kannst du auch nicht finden. Das haben wir doch ausgegeben".
„Ich denke gespart?"
„Ausgegeben!"
„Ist ja kein Wunder, wenn du das Gesparte ständig ausgibst, können wir kein Spargeld haben" knurrte ich jetzt.
„Wer will immer neue Computer haben? Wer besteht auf sein Bier zum Essen? Und gestern die neuen Socken? Lieber Mann – das geht ins Geld!" Da ist nichts mit sparen!"
„Du wolltest doch die Langsocken für mich. Ich hätte auch die Kurzen genommen. Dann hätten wir gespart. Und als du dir die Handtasche gekauft hast, habe ich mir keine Tasche gekauft. Also mach' mir bitte keine Vorwürfe, dass ich nicht sparsam bin."
So ging das noch eine Weile hin und her. Wir einigten und schließlich doch auf die Formel, dass wir beide wirklich sehr sparsam einkaufen bis das Geld alle ist.

Schatzi guckte auf die Uhr. Erschrocken rief sie: „Wir wollten doch noch ins Möbelhaus. Und jetzt haben wir beinahe die ganze Zeit verquatscht. Hop, hop! Ab geht's."

Wir fuhren natürlich mit der Straßenbahn. Das spart. Was es alles spart, könnt ihr in jeder Zeitung nachlesen. Ist mir einfach zu viel, das hier zu erklären. Nicht wie viel wir gespart haben, sondern alles aufzuzählen.
Am Eingang wurden uns Preisknaller offeriert. Genau das Richtige für uns. Es muss ja nicht so laut sein, aber wenn es knallt und der Preis ist verschwunden finde ich das gut.

Ach ja, so langsam schlendern durch ein Möbelhaus. Man legt sich auf Betten, die wunderschön aussehen und viel zu niedrig sind. Ächzend erhebt man sich und fällt in einen tiefen Sessel.
„Der geht aber gar nicht" kommentiert Schatzi.
„Da kann ich nicht einmal den Kopf anlehnen. Und du weißt doch, wie es mir abends geht. Da muss ich einfach mal den Kopf anlehnen."
Das weiß ich. Schon manches Mal konnte ich nicht zur Toilette und musste die Wiederholung der Krimiserie gucken. Und warum? Schatzi lehnte mit ihrem Kopf an meiner Schulter. Hattet ihr schon einmal einen solchen Krampf in der Schulter? Ehrlich, das wünsche ich Keinem.

Egal. Sessel wollten wir heute nicht. Überall standen bunte Schilder: „Hinlegen, Wohlfühlen, Sparen!"
Genau das wollten wir! Sparen! Aber wir wollten uns nicht hinlegen. Also weiter.
Da! Da stand er! Das Objekt unserer Begierde. Klein weiß und Landhausstil. Riesengroß prangte noch ein Schild: "Ich muss raus!"
Der arme Kinderstuhl. Einsam. Sehnsucht nach einem Besitzer. Ich tippte Schatzi an und zeigte ihr stolz meine Entdeckung.
„Ach, der muss weg? Die machen wohl bald dicht hier. Fünfzehn Euro wollen sie für das kleine Teil?"

Sie entzauberte mir meine Entdeckung.
Ich wagte noch einen Einwurf: „Sieh doch richtig hin. Da stehen doch fünfzehn Euro. Und in Rot "Sie Sparen"!

Ich bekam einen Blick zugeworfen! Ich beschreibe ihn jetzt nicht. Das war ein Blick wie ihn nur Männer wie ich erhalten. Ich wollte schon einschnappen, da sah ich, dass Schatzi ein Lächeln um den Mund hatte. Ich atmete auf.
Alles ging gut. Ich suchte den Verkäufer. Endlich fand ich eine Verkäuferin: „Nee, ich darf den Stuhl nicht verkaufen. Soll ich jemand suchen der das kann?"
Ich bat sie darum. Geschickt drückte sie eine Taste am Mikrofon neben sich "Ein Mitarbeiter auf Platz 17, ein Mitarbeiter auf Platz 17!" hallte es durch alle Etagen des Möbelhauses. Soviel Aufwand war mir doch etwas peinlich. Ich wollte keine Mitarbeiter bei der Zigarettenpause stören. Ich wollte nicht, dass die hübsche Verkäuferin erschrocken ihre Kleidung sortiert und zu uns hastet. Ihr Kollege war ihr doch so schön nahe, als wir vorhin vorbei gingen.

Klappt doch. Höflichkeit zahlt sich immer wieder aus. Nach gefühlten Ewigkeiten kam ein Verkäufer. Jetzt ging alles sehr schnell. In weiteren 15 Minuten hatten wir die Rechnung.
Ich orderte dann noch einen Schwingsessel. Schließlich kann man nie genug sparen. Denn, wie Mutti immer sagte: "Junge, spare in der Zeit, so hast du in der Not!"
Wenn ich es ihr sagen könnte: „Mutti, heute habe ich doppelt gespart." Sie wäre stolz auf mich.

Mit dem wohligen Gefühl heute wieder etwas für den Sparstrumpf getan zu haben wendete ich mich an Schatzi: „Wie viel haben wir denn jetzt gespart?"
Und wieder sandte sie mir diesen Blick...
Da sie bezahlt hatte, wird sie es schon wissen. Ich fragte nicht weiter.

-

Schatzi, ich bin pleite

Heute ist fast jeder in einer kritischen Lage. Ausgenommen Zehntausend. Das sind die bekannten „Oberen". Gesetzlich festgelegt verdienen sie jährlich mehr und senken fleißig unser Einkommen.

Auch mich trifft es jährlich. Von meiner Rente rede ich schon gar nicht mehr. Sie ist auf das Niveau von Almosen geschrumpft. Trotz einer Erhöhung von einem Euro monatlich habe ich jetzt weniger Geld zum Ausgeben.
Das will ich endlich ändern. Ich kann doch nicht nur stumpfsinnig darüber grübeln, wie ich besser klage. Ich will endlich raus aus der Misere. Ich will arbeiten!

Wo kann ich Arbeit finden, wenn überall geklagt wird, dass es keine Arbeit gibt?
Ich denke, ich habe die Lösung gefunden. Ich werde mich an die Person wenden, die mich schon Jahrzehnte beschäftigt.
"Mach' mal dieses, mach' mal das – und wenn das nicht bald erledigt ist, kannst du mal sehen, wie du ohne mich auskommst!"
Ihr kennt diese Sätze? Ich frage mich nur woher? Ich habe sie euch nie weiter gesagt.

„Ach ja", seufze ich. Still vor mich hin, wie ich so vor mich hindenke.
„Was klagst du schon wieder? Kannst du nicht einmal positiv denken? Von deinem Gejammer bekommt man ja Migräne." hörte ich aus dem Nebenzimmer.
Ich schloss schnell den Mund, damit mir kein Laut mehr entfleuchte. Schatzi hatte mitgehört.
„Nichts ist los Schatzi. Alles in bester Ordnung. Es war nur ein kleiner Seufzer. Der war nicht beabsichtigt. Mehr so wie unterdrückte Blähungen. Entschuldige bitte."
„Ach so. Jetzt kann ich deine Dreckbude wieder nicht aufräumen, weil es da drinnen so stinkt."
„Mach' ich doch immer selbst", knurrte ich vor mich hin.

Ich schwieg eine Runde, sonst wäre das noch eine Weile weiter gegangen.
So bin ich. Ich muss nicht alles bis ins kleinste Detail ausdiskutieren. Die Gleichberechtigung der Frau habe ich im ersten Ehejahr erklärt bekommen. Da soll es Männer geben die lernen so etwas lebenslang nicht.

Aber die Sache mit dem Geld drückte mich doch. So ging ich zu Schatzi und setzte mich neben sie.
„Naaa, im Internet nichts los?
„Ooooch doch, aber bei dir ist es schöner." Schatz zog die Brauen hoch.
Sie aber blieb ruhig und guckte weiter die volkseigene Psychiaterin. Jetzt setzte ich alles auf eine Karte und streichelte Schatzis Hand.
Erschrocken sah sie mich an. „Hast du etwas?"
„Nee. Aber eigentlich, äh vielleicht, oder doch? Ach ich weiß nicht." druckste ich.
„Na, sag schon" guckte Schatzi mich zärtlich an. „Ich kann es nicht haben, wenn dich etwas bedrückt."
Ich gestand es jetzt tapfer: „Schatzi, ich bin pleite!"
Stille. Dann lachte Schatzi laut los. Sie prustete und hielt sich den Mund zu. Aber immer wieder brach ein Lachen aus ihr heraus.
„Du bist pleite? So richtig? So wie die Banken? Und nun willst du ein Darlehen oder eine Bürgschaft? Von mir?"
Schatzi kugelte sich auf dem Sofa. Ich machte mir ernsthafte Sorgen. So sehr hatte ich sie noch nie erheitert.
Sie lachte unentwegt.
„Ja und? Wie soll ich dir helfen? Meine Rente ist um 3,23 € kleiner als deine. Und ich muss auch auskommen. Also, noch einmal – ich bekomme weniger Rente als du und du bist pleite?"

Schatzi holte Luft.
Ehe sie wieder in einen Lachkrampf verfiel, warf ich ein: „Ich möchte mir etwas dazu verdienen. So wie jetzt kann ich

mir nichts mehr leisten."
Schatzi knuffte mich jetzt in die Seite. „Du willst wirklich, ehrlich arbeiten?"
Ich nickte stumm.
„Hast du dir auch schon etwas ausgeguckt? Werbeschriften verteilen? Oder alte Leute über die Fahrbahn bringen? Kannst auch auf Hunde aufpassen. Ein Berufsrentner will arbeiten? Ich lache mich schlapp!"

Ich merkte wohl den Spott in ihren Vorschlägen, blieb aber ruhig. Schließlich war ich augenblicklich nicht in der Lage eine große Klappe zu riskieren. Es bringt einfach nichts, wenn man nicht am längeren Hebel sitzt.
Kleinlaut schlug ich vor, dass ich doch die leeren Pfandflaschen wegbringen könnte.
Ich wusste nicht, dass Pfandflaschen einen Schreikrampf verursachen können.
Schatzi wechselte vom Lachen ins Schreien. Und umgekehrt. Das dauerte mir jetzt wirklich zu lange. Ich schlug ihr auf den Rücken. So wie man das macht, wenn sich einer verschluckt hat.
Stille. Plötzlich lachte sie wieder los, jetzt aber annehmbar.
„Du willst dir also mit Pfandflaschen dein Taschengeld aufbessern?" Schatzi kicherte schon wieder.
„Ja klar. Machen doch alle, die Geld brauchen. Sie sammeln die Flaschen aus den Papierkörben ein und bringen sie zum Automaten."
Ich sagte das leise und vorsichtig. Ich wollte keine erneute Lachsalve auslösen.
„Und du klapperst jetzt die Stadt ab und guckst in jeden Papierkorb?"
„Natürlich nicht. Da erkennen mich ja die Leute und denken werweißwas. Nein ich nehme unsere Flaschen. Ich weiß, wo sie stehen und sie sind nicht verschmutzt."

Schatzi drückte sich schon wieder die Hand auf den Mund. Ich ahnte einen neuen Lachanfall. Aber es ging gut. „Die Idee finde ich gut. Ich habe es schon lange satt, das ich mich

darum kümmere, wie die leeren Flaschen wieder aus dem Haus kommen. Und wenn ich mal alle Flaschen aus dem Haus räume, dann weiß du, was mit dir wird?"
Überhört.

Ich atmete erleichtert auf. Das ging aber glatt.
Gleich am nächsten Tag sauste ich los. Vier Flaschen konnte ich wegbringen. Die Ausbeute eines Wochenendes. Knopf drücken, Bon drucken und ab zur Kasse. Meine Ausbeute stimmte mich traurig. Das war kein gerechter Lohn für die ganze Mühe, die ich hatte.
Ziemlich traurig trabte ich nach Hause. Schatzi empfing mich strahlend. „Zeig' mal dein erstes Selbstverdientes!"
Ich schwieg und verdrückte mich an den Computer. Ich musste nachdenken.

Am nächsten Tag.
Schatzi rief aus der Küche: „Brauchst du 'was aus dem Laden?"
„Jaaa" rief ich erfreut. Zehn Flaschen von meiner Lieblingssorte!"
Ein spitzer Schrei: „Spinnst du? Machst du dich jetzt zum Säufer? Du wolltest doch Geld verdienen und nicht ausgeben!" Sie klappte heute recht laut mit der Tür. Ein echtes Sensibelchen befand ich.
Aber sie ist eben „mein Schatzi".

Schwer atmend schloss Schatzi gefühlte Stunden später die Wohnungstür auf.
„Könntest ja auch mal mitkommen und schleppen" maulte sie. Das ignorierte ich aber dezent. Ich bringe ja schon Jahrzehnte klaglos den Mülleimer hinunter. Auch ein Produkt der Gleichberechtigung von Mann und Frau. Oder heißt das heute Frau und Mann? Egal.
Vielmehr kümmerte ich mich schnell um die zehn Flaschen. Ich stellte sie fix in meinem Zimmer auf und ein Glas daneben.
„Was wird das jetzt?"

Das war Stunden später. Ich bewahrte Stillschweigen. Kleine Geheimnisse konnte ich schon immer für mich behalten.

Am nächsten Nachmittag flitzte ich mit den zehn leeren Flaschen los. Wie üblich. Automat, Bon, Kasse, Geld!

Ich sah erfreut das Ergebnis. Jetzt ging mein Plan auf. Für den nächsten Einkauf werde ich die doppelte Menge Flaschen bestellen. Schatzi wird sich freuen, wenn ich nicht mehr über fehlendes Taschengeld klage.

-

Schatzi, ich überlege mir das noch einmal!

Ich habe wieder meine fünf Minuten, wie Schatzi das formulieren würde.
Nun sitze ich hier auf dem Sofa und denke in die Zukunft.
In meinem Alter noch Zukunft? Aber klar. Wie die Medien mir immer wieder erklären, bin ich jetzt in der zweiten Lebenshälfte. Da lohnt es sich doch, über die Zukunft nachzudenken.
Wider alle Statistiken werde ich dann mit 140 von meinem Schatzi Abschied nehmen. Statistiken sind schließlich keine Ergebnisse, sondern nur Antworten auf Fragen.

Nicht abschweifen. Ich will ja etwas Anderes erzählen. Ich denke nach.
Auf meinem Kuschelsofa in eine Ecke gedrückt, denke ich über die Zeit nach dem Jahr 2011 nach.
Genau im diesem Jahr 2011 geschieht Einschneidendes.
Kein runder Geburtstag. Wenn da was rund wird, kann es nur mein Bauch sein.
Ich grüble nicht erst seit heute, aber mein Grübeln wird immer intensiver. Ein großes Datum naht.
Viele nennen es „Goldene Hochzeit". Ich nenne es schlicht 50. Hochzeitstag.

Findet ihr nicht auch, dass dieses Ereignis schon mal die Gedanken beschäftigen sollte?
Was wäre passiert, wenn nicht Schatzi meine Ehefrau geworden wäre? Luci war schließlich auch eine flotte Biene. Oder Hildchen? Die war nicht übel. Die Bilder in meinem Kopf sausen vorbei. Ich versinke immer tiefer ins Grübeln.
Keine Radiomusik. Kein Vogelgesang dringt zu mir.

Plötzlich umschlingt mich etwas. Ich muss nach Luft schnappen und finde mich in der Gegenwart wieder.
„Na, an was hast du gedacht? Du warst ja richtig in deinen Gedanken versunken. Bestimmt an mich? Oder?
Ich fange mich: „Nur an dich mein Schatzi. Nur an dich!

Würdest du mir je etwas Anderes zutrauen?"
Schatzi zog ihren Arm fester um meinen Hals: „Würde ich dir auch geraten haben" lächelte sie.
„Ach weißt du ... ich habe mal so daran gedacht, dass wir ja nächstes Jahr fünfzig Jahre verheiratet sind" warf ich in den Raum.
„Ach du auch? Ich denke schon eine ganze Weile darüber nach. Du kennst doch den Juwelier in der Wolfsgasse? Da habe ich mal ins Schaufenster gesehen... wie das glänzt, und funkelt..."
„Ja, aber.."
„Ich habe mir so überlegt, was wir so machen könnten. Mal als Beispiel wir gingen zu dem Juwelier..."
„Ja, aber..."
Oder in ein Reisebüro. Malediven, Bahamas oder so eine kleine Insel wie die im Fernsehen immer zeigen... Weißt du, die haben da so einen tollen Service..."
„Ja aber dein Bikini..."
„Hi hi. Ich weiß schon, was du meinst. Ich werde mir den von Gudrun leihen, der ist nicht so alt. Etwas Gummiband und schon habe ich gespart.
„Ja, aber der Stoff..."
„Was ist los? Der Stoff ist zu bunt? In der Südsee? Da tragen sie doch alle bunt."
„Ja, aber du hast gestern selbst gesagt, als du von der Waage gekommen bist, dass die Waage nicht korrekt ist. Sie wiegt nur bis 100 kg."
Schatzis Arm schloss sich fester um meinen Hals. Ich schnappte kurz nach Luft.
„Ich gucke mal nach den Akkus. Vielleicht muss ich sie nachladen" röchelte ich.

„Aber du wolltest doch erzählen, worüber du nachgedacht hast." Schatzi löste kurz den Druck ihres Armes.
„Ach nööö. Ich dachte nur: 49 Jahre verheiratet. Hat sich das nun gelohnt? Was hat es mir... äh uns gebracht?
„Du kannst blöd fragen. Hatten wir nicht hübsche Kinder? Sind sie nicht gut geraten? Das war doch das Erste, was wir

gemeinsam geschafft haben. Dann die Wohnung. Das Einrichten. Camping. 15 Jahre, weil wir uns sonst nichts leisten konnten... gib zu, wir haben etwas erreicht." Schatzi guckte mich fragend an.
„Ja, aber..."
„Und dann wohnst du jetzt auch nicht mehr in einer Höhle, sondern gutbürgerlich in einer Mehrzimmerwohnung."
„Ja, aber... bevor ich dich kannte, hatte ich auch eine Zwei-Zimmerwohnung mit Balkon."
„Apropos Balkon... kann ich das Oberteil von Gudruns Bikini tragen? Ich glaube sie hat weniger als ich. Wenn ich es richtig bedenke, ist sie ja fast eine „Plattdeutsche".
Schatzi drückte mein Gesicht... äh, naja – ihr wisst schon.
Ich schnappte wieder nach Luft.

„Ich weiß gar nicht, was es da zu Grübeln gibt bei 50 Jahren Ehe. Ging doch alles gut. Und was wir alles erreicht haben. Nicht nur Kinder und Wohnung.
Ohne mich wärst du nie zum Nil gekommen. Oder denke nur an die vielen schönen Autos, die wir hatten.."
„Ja, aber..."
„Klar saß ich am Steuer. Dadurch habe ich jahrelang dafür gesorgt, dass dir nichts passiert. Immer bist du sicher gefahren worden – stimmt's? Und denke mal an deinen Zigaretten-Konsum! Der liegt doch jetzt bei Null. Ohne mich hättest du schon eine Teerlunge und ich müsste Heiratsanzeigen studieren."
„Ja, aber..."
„Nichts aber. Was wärst du, ohne meinen Einfluss, in all den Jahren geworden?"
„Reich?"
Ihr Arm presste wieder.

„Die ganzen schönen Reisen, die Restaurantbesuche, der schöne Schmuck im Schrank. Ist das nichts?. Oder denke nur an die schönen Krawatten im Schrank. Das war Mühe, die alle auszusuchen."
„Ja, aber..."

„Zieh das mal nicht so runter. Du bist immer gut angezogen aus dem Haus gegangen. Picobello würde das mediterran heißen. Und dein Essen? Ich werde ja schon vom Kochen satt, aber du willst jeden Tag etwas Leckeres auf dem Teller haben. Wenn ich etwas zugenommen habe, ist das allein deine Schuld.
Aber was soll das jetzt? Deine Reue kommt zu spät. Jetzt habe ich dich geheiratet und nur der Tod trennt uns noch."
„Ja, aber wenn..."
„Ach Schatz. Sieh nicht immer Probleme, wo keine sind. Du jagst schließlich nicht mehr. Du bist erlegt... das ist erledigt. Ich habe dir ein schönes Heim geschaffen und nun kannst du dich einkuscheln und dir dein Fell kraulen lassen. Bildlich gesprochen, natürlich.
„Ja, aber..."
„Papperlapapp! Ich werde die 50 erreichen, ob du grübelst oder nicht!"

„Fünfzig?" Ich hob die Augenbrauen.
Schatzi ließ mich los und ging.
Jetzt saß ich wieder allein beim Grübeln. Ich bin kein Jäger? Ich bin ein Krawattensammler? Immer nur Beifahrer? Gibt es noch etwas Anderes für die zweite Lebenshälfte?
Judith aus dem Nebenhaus lächelt immer so süß... richtig mädchenhaft.
Sie ist in meinem Alter. Und auch so knackig.
Ich kam ins Träumen...

•

Schatzi, ist dir auch kalt?

Heute ist es wirklich ungemütlich da draußen. Der Wind pfeift um jede Ecke. Dicke Wolken ziehen immer wieder am Himmel vorbei und der Wind zerrt an den Blättern der Eiche vor dem Fenster. Einige Zweigspitzen haben schon gelbe Blätter. Es kann nicht mehr lange dauern und die Eicheln fallen. In diesem Jahr kommen sie mir fetter, größer vor. Ob es da auch eine Bauernregel gibt?
„Wenn die Eichel auf das Autodach knallt, gibt es Echo im Eichenwald?"

Ich weiß nicht. Als die Bauernregeln noch galten, gab es vielleicht noch kein Auto?
Ganz sicher ist, dass die kleinen Dinger einen Autofahrer ganz schön erschrecken können. Nichts ahnend fährt man knapp 70 Sachen in der 30iger Zone und plötzlich knallt etwas auf das Autodach. Lenker verreißen wäre das Wenigste.
Der suchende Blick, nach dem Verursacher findet garantiert eine Eiche.
"Zum Glück kein Kastanienbaum" durchfährt es einem noch. Glück gehabt.

Der Herbst ist eingeläutet. Auch die Tierwelt muss das Geläut gehört haben. Die Eichhörnchen wuseln nur noch durch die Gegend und frönen ihrer Sammelleidenschaft. Die Wildschweine sind da konsequenter. "Was ich im Bauch habe, kann mir niemand mehr nehmen".
Sie pflügen die Erde unter den Bäumen und fressen einfach alles.
Sollte ich auch tun. Einfach einen fetten Wanst anfressen und dann in den Winterschlaf fallen. Die Nebenkosten meiner Wohnhöhle, äh Wohnung, würden deutlich fallen und die Discounter hätten es nie mehr nötig ihre Preise zu senken. Sie verdienen ja heute schon nichts mehr, weil sie Kellerpreise nehmen.

Also gut. Es ist Herbst. Und wie immer im Herbst ist es mir nur am Tag so richtig warm. Herrlicher Sonnenschein lässt die Thermometersäule steigen. Aber abends. Da kriecht mir doch die Kälte nur so den Rücken rauf. Es beginnt in den Füßen. Also ziehe ich warme Hausschuhe an. Dann fröstelt es mich und die warme Jacke wird aus dem Schrank geholt.
Tapfer sage ich zu Schatzi: „Jetzt fangen wir aber noch nicht an die Heizung aufzudrehen!"
Schatzi nickt fröstelnd.
Dankend bekommt sie ein Küsschen. Dabei fällt mir auf, dass ihre Nase ganz kalt ist.
„Frierst du?" frage ich mitfühlend. „Du?" echot Schatzi.
„Na so richtig kalt ist mir noch nicht. Und alles, was absteht, ist eben kälter." behaupte ich noch.
„Na, dann kann dir ja nichts passieren!" pariert Schatzi.

Jetzt schweigen wir eine Weile. Jeder hängt so seinen Gedanken nach.
„Eine schönes Lammfell wäre jetzt recht" schwärmt Schatzi.
„Dann können wir auch heizen" entgegne ich. „Die Dinger sind zu teuer. Und denke mal an die armen Schafe. Kaum geblökt, schon zieht man ihnen das Fell wieder über die Ohren."
(Psst. Ich mache immer auf tierlieb, wenn es um Pelz geht.)

Schatzi wickelt sich fester in ihre Jacke und rückt noch näher an mich heran.
Richtig warm wurde uns aber nicht.
Ich lief nach nebenan und holte eine schöne, dicke Wolldecke. Wortlos dankte mir Schatzi mit einem strahlenden Lächeln.
Da wurde es mir sogar im Herzen warm. Ganz eng kuschelten wir uns in die Decke.
Klar wusste ich, dass nebenan noch eine zweite Decke lag. Aber ich sagte nichts.
Richtig warm wurde es jetzt.

Nach geraumer Weile flüsterte Schatzi leise: „Sag mal! Du schreibst doch im Internet immer über uns. Wirst du jetzt auch wieder darüber schreiben, wie kalt uns war?"
„Ja, sicher. Es ist doch ein gutes Beispiel wie sich jedermann vor Kälte schützen kann. Zur Nachahmung empfohlen. Jeder Haushalt kann doch so einfach Heizkosten sparen."
„Hm. Das haben es Singles aber schlecht."
Schatz rückte näher. „Schreibst du auch etwas über Hände?"
Ich zuckte zusammen. Das berührte mich.
Ich beschloss, heute nichts über Schatzi's Hände zu schreiben.

•

Schatzi, sind wir jetzt König?

Genau DAS hätte ich wohl lieber nicht gefragt.
Ihr kennt das! Man geht einen abschüssigen Weg. Und tritt auf einen Stein. Gerade kann man sich noch an etwas fest halten (gut, wenn es die eigene Frau oder Freundin ist – sonst hat Mann einen Fragenkatalog abzuarbeiten) und der Stein rollt und rollt. Dabei reißt er noch mehr Steine mit. Große und Kleine. Belehrend nennt man das dann „Eine Lawine lostreten".

Ja, das hatte ich gerade getan. Ich hatte gefragt, also hatte ich geduldig die Antworten abzuwarten. Und die waren eigentlich auch nur Fragen: „Hast du gesehen, dass ich Hermelin trage? Nicht mal für Nerz hat es bei dir gereicht. Immer laufe ich mit dieser Baumwolle am Körper 'rum."
„Ja aber der Tierschutz..." merkte ich kleinlaut an.
„Quatsch Tierschutz. Die Die Tiere tragen doch selber Fell. Und die Tierschützer? Die sind auch behaart. Damit es nicht auffällt, rasieren sie sich. Oder stammen die nicht vom Affen ab?"
Ich hob die Schultern und ließ sie wieder fallen.
„Und wo ist die Krone? Siehst du die etwa?"
Schatzi zeigte mit ihrem Zeigefinger nach oben in Richtung Stirn. Wollte sie mir einen Vogel anzeigen?

„Das einzige Gold, das ich trage, musste ich mir doch noch selbst aussuchen. Nicht mal das hast du geschafft. Wenigstens hast du bezahlt!" grinste Schatzi mir zu.
„Und die paar Gramm? Es ist ja nicht einmal ein Kilo. Denkst du das ist königlich?"
Meine Mundwinkel hoben sich etwas. Ich weiß, man sieht es mir nie an, wenn ich mich freue. Alle Fotos zeigen meine hängenden Mundwinkel.

„Also, ihr Mann sieht immer so mürrisch aus, mit so 'n Kerl würde ich es nicht lange aushalten!" Das höre ich oft, wenn ich den Einkauf schleppend neben Schatzi stehe und Schatzi gepflegte Gespräche führt.

Aber ich hatte den Fragenkatalog noch nicht abgearbeitet.
„Wo sind Zepter und Reichsapfel? Denkst du die paar Appelgriebsche machen mich reich?" Mein Blick folgte dem ausgestreckten Zeigefinger zur Obstschale.
Jetzt verfiel Schatzi noch in Dialekt. Das war selten. Ich hatte sie wohl mit meiner Frage aus der Ruhe gebracht.

Alle weiteren Fragen nach Reichtum konnte ich schweigend und Kopfschüttelnd beantworten. Das war leicht. Als ich dachte es ist geschafft sauste es auf mich herab. Das Schwert.
Also nicht das von dem Damokles. Es war die Frage, die mich wie ein Schwert ins Innere traf: „Wo sind schließlich meine Untertanen? Denkst du, ich gebe mich mit nur einen Diener zufrieden?"

Jetzt sackte ich in mich zusammen. Diese Reaktion hatte ich nicht erwartet. Ich zog mich an den Computer zurück und las über Stars und Sternchen. Ich streichelte mein Ego, bis ich wieder die richtige Pulsfrequenz hatte. Ach ja, das Leben war doch schön.

Aus dem Nebenzimmer hörte ich die glockenreine Stimme von meinem Schatzi: „Schaaahaatz, kannst du mal noch Bier holen? Das hast du vorhin nicht mehr tragen können. Du hast doch schon von meinem kleinen Einkauf aus dem letzten Loch gepfiffen."
Ich packte alle leeren Flaschen ein (mit denen könnte man glatt ein Essen finanzieren - wer trinkt hier nur soviel Bier?) und öffnete die Wohnungstür.
Ich guckte vorsichtig – nichts. Um mich blickend die fünf Etagen nach unten. Keine Wohnungstür öffnete sich. Aber jetzt! Ich drücktte die Klinke der Haustür und zog sie langsam auf. Wieder nichts Besonderes. Auch auf dem weiteren Weg keine Besonderheiten.

Trotzdem ging ich etwas beschwingt, beinahe leichtfüßig zur Kaufhalle. Entgegenkommende grüßte ich lächelnd Sie vergaßen den Gruß zu erwidern so erstaunt glotzten sie zurück.
Auch an der Kasse das übliche neutrale „Hallo".
Ein leichtes Lächeln umspielte meine Lippen – "Wenn Ihr wüsstet!"

Auch die fünf Etagen wieder hoch bezwang ich leicht beschwingt.
„Hast du alles?"
„Aber ja, Schatzi. Das Wechselgeld liegt in der Küche."
„Mach mal gleich eine Flasche auf. Die ganze Warterei hat mir richtig Durst gemacht!"
Ich reichte Schatzi das Bier und setzte mich wieder an den PC.

Ich sollte mal eine Geschichte darüber schreiben, wie sich jemand fühlt der „User der Woche" wird blitzte es mir durch den Kopf. Ist das nicht wie ein König im Internet?
•

Schatzi, wir bekommen Besuch

„Ja, ja knurrte ich". Das war bisher auch nichts Neues. Immer um diese Zeit machte mir Schatzi diese Mitteilung.
„Soll ich mein Zimmer aufräumen?"
Etwas hinterlistig war meine Frage schon. Ich hatte noch fast alle Geschenke vom Vorjahr in den Regalen meines Zimmers. Irgendwie hatte ich noch keine Gelegenheit alles auszuprobieren, was sich da angesammelt hatte. Bücher, weil Jeder weiß, dass ich gern lese. Aber Thriller? Jedes Buch war ein Thriller.
„Musst du unbedingt lesen, ist hammermässig – echt ein Thriller!"
Ich lächelte dankbar, steckte die Zunge zwischen die Zähne und lispelte 'Zzriller'. Jeder weiß, dass ich keine Fremdsprache, außer Deutsch, beherrsche und trotzdem schenken sie mir immer wieder ausländische Bücher.

So geht das weiter. Die USB-Leselampe für den Laptop. Ich habe einen echten PC Marke "Eigenbau". Der röhrt! Nicht solche Lusche wie Netbook und so. Wenn sich hier der Cooler dreht, dann bebt der Boden. Nachbarn fragten schon, warum bis Mitternacht die Waschmaschine läuft.
Hatte ich erwähnt, dass das Ding zwölf Zentimeter Querschnitt hat? Der Cooler. Was dachtet ihr?

Demnächst baue ich eine Wasserkühlung ein.
Schatzi meint zu meinem Vorhaben: "Ich will keinen Schlauch durch alle Zimmer".
Und dann gibt's da noch den USB-Teewärmer. Ich will hier nicht erklären, warum ich den noch im Regal habe. Nur soviel: Schatzis Tee ist heiß! Den muss ich nicht erst anwärmen. Also bleibt der Stromfresser im Regal. Da lagern noch viele Kartons Software. Garantiert alles Vollversionen. Der Aufdruck auf der Verpackung: 25 Programme kosten zusammen nur 49,90 €. Echte Schnäppchen. Der Geber hätte noch das Preisetikett abkratzen können.

Es führt zu weit, alles zu erwähnen.
„Schatzi, wann kommen die?" rief ich.
Ihr wisst – der Cooler. Da hört Schatzi immer alles später oder gar nicht.
„Na, wie immer. Am ersten Feiertag. Was soll ich denn kochen?"
„Waaas? Die kommen zum Essen?"
Schatzi kam näher und guckte strafend: „Natürlich, was denkst du denn?"
Ich holte tief Luft, sagte aber nichts. Es hätte die ewige Diskussion gegeben, dass nur derjenige schenkt, der auch etwas dafür bekommt. Oder umgekehrt?

Einige Tage vergingen. Ich hatte mich wieder gefangen.
„Schatzi, ich fahre heute mal zum Baumarkt". Sie guckte und meinte lächelnd „Bringst du mir jetzt endlich die Lampe über der Spüle an?"
Au! Das sollte ich schon vor Monaten tun. „Aber sicher Schatzi!" sprach ich beruhigend.

„Was bringst du da für einen Mist. Noch mehr passt nicht in die Wohnung" klang mir entgegen, als ich schnaufend unsere Etage erreichte.
Unser Haus hat keinen Fahrstuhl. „Macht fit im Schritt" ulkte jedes Mal unser Vermieter, wenn wir uns erkundigten, wann er denn einen Fahrstuhl anbaut. „Wenn sie die paar Etagen mal nicht mehr schaffen, ist das Leben eh zu Ende. Oder denken Sie ich trage ihnen den Einkauf?"

Ich knallte wütend meinen Einkauf in dem Korridor.
„Da gehst du schon mal in den Baumarkt und was bringst du mit? Umzugskartons! Ich glaub' du hast sie nicht mehr alle beisammen".
Ich zog den Kopf ein und die Jacke aus. Wenn Schatzi so was zu mir sagte, war Dampf in der Küche.
Es half auch nichts, dass ich ihr den 6 mm Plastikdübel für die Lampe zeigte. Sie war nicht zu beruhigen.

Ich zog mich mitsamt der Umzugskartons in mein Zimmer zurück.

„Was rumorst du da?" hörte ich Schatzis Stimme. Ich schwieg verbiestert.
„Morgen gehe ich zu Lisbeth" erwähnte Schatzi beim Abendbrot.
Unser Abend verlief fast wortlos. Lag es daran, dass der Plastikdübel noch in der Küche am Fenster lag?
Als Mann mache ich mir darüber nicht lange Gedanken. Ist nicht meine Art. Ich handle.

Kaum war Schatzi aus dem Haus packte ich die jetzt vollen Kartons und schleppte sie stark transpirierend (nur Proleten schwitzen) die Treppen runter und stapelte sie ins Auto.
Heute war Markt. Da stellte ich die Kartons neben einen Stand. Dann schrieb ich an jeden Karton mit schwarzem Filzer: Je Karton 10 €.
Fertig.
„Was kostet 10 €?" war die immer wiederkehrende Frage.
„Der volle Karton, wie er hier steht!"
„Und was ist drin?"
„Überraschung!" grinste ich.
„Wenn du mich anschmierst, ist was los" raunzte einer.
„Gib den Zehner!" Der Inhalt hatte mehr gekostet.
Zehner her – Karton weg.
Der Käufer ging einige Schritte zur nächsten Bank und öffnete den Karton.
„Bruuuuunoooo!" brüllte er über den Markt. „Gib mal den Idioten da einen Hunderter und sag ihm er soll abhauen sonst ist was los!"
Bruno kam und löhnte.

Mit leerem Auto und froh gestimmt fuhr ich nach Hause. Schatzi war noch bei Lisbeth. Worüber sie redeten, machte ich mir jetzt keinen Kopf. Das erfahre ich spätestens nach dem „Gute-Nacht-Kuss".

Als ich wieder entspannt am PC saß steckte Schatzi den Kopf in mein Zimmer: „Bin wieder hier, Schatzi! Ach, du hast ja endlich mal aufgeräumt!" Wie sie auf meine leeren Regale im Zimmer.
Weg war sie wieder.

Später verkündete sie strahlend: „Ist ganz gut, dass ich bei Lisbeth war. Jetzt weiß ich, was ich kochen kann, wenn die Besucher kommen".
Immer wieder guckte ich an den folgenden Tagen in meine Reihe leerer Regale. Bis zum nächsten Besuch kann ich mich noch daran erfreuen.
•

Schatzi, wir schättn heute

Dieser Satz kam von meiner Zuckermaus. Sie hob den Blick vom Laptop und blickte mich strahlend an.
Ich nestelte verlegen an meinen Hosenträgern. Was meint sie nur heute? Grübelte ich.
Klare Ansagen verstehe ich sofort: „Bring' mal den Müll runter! Mach den Mund zu, wenn du nicht gefragt wirst!" Ihr wisst schon. Ich bin einfach „Mann", aber auch nicht weniger.

Ein Ruck und ich guckte auffällig interessiert.
„Das freut mich, dass wir auch mal etwas gemeinsam machen können" zirpte sie. Wir melden dich jetzt in einem Chat an und dann lernst du die große weite Welt kennen. Da sind viele Leute, mit denen man reden kann. Musst dich aber in einem Chat anmelden, wo du auch die Sprache kannst."

Ich erkläre dir jetzt mal das Wichtigste.
Aaaalso Chat. Das ist englisch und heißt plaudern.
„Ich kann aber kein Englisch" warf ich leise ein. Sie holte tief Luft. Ich konnte sehen, wie es wogte.
„Ferkel" grinste sie, als sie meinem Blick folgte.
„Du musst kein englisch können. Quasselst doch sonst immer soviel an deinem Stammtisch. Du stellst dir so einen Raum vor, in den Jeder rein kann und mitreden."
„Wartezimmer?"
„Jaaa Schatzi". So in der Art.
„Du meldest dich am Eingang an und dann kannst du eintreten."
„Nehmen die auch Kassenpatienten?"
Ich erntete den ersten strafenden Blick für heute.
„Wir melden dich jetzt mal an. Wie möchtest du heißen?"
„Du kennst doch meinen Namen!" „Das schreibt man aber nicht du Blödi!
Ah, da haben wir einen Namen für dich. Man soll sich zwar

eine Identität zulegen, aber zu weit vom Original sollte sie nicht weg sein, sonst wird man als Lügner entlarvt."
Sie tippte 'Blödi' ins Anmeldeformular. Dann übergab sie mir den Laptop und ich sollte loslegen.

"14:23:15 Uhr. Blödi betritt den Raum"
"14:23:17 Uhr Herzlich willkommen Blödi. Sieh dich hier um. Sind nur nette Leute hier."
…
Ihr kennt das. Ich war erschrocken über diese große Herzenswärme, die mir hier entgegen strahlte. Besonders "Rosa-Slippi" kümmerte sich rührend um mich als Neuling.
Ich fühlte förmlich, wie sie mich an die Hand nahm und mich in unbekannte Sphären führte.
„Ist dir heiß? @Blödi."
„Ja" hauchte ich in die Tasten.
„Dann zieh dir doch das Hemd aus @Blödi".
Ich nestelte mit einer Hand an meinen Hemdknöpfen, während die andere Hand wie ein Adler über der Tastatur kreiste und der Mittelfinger auf die Taste niedersauste.
Plötzlich klatschte ich mit meiner Nase auf die Tastatur. Ich riss den Kopf hoch und guckte erschrocken.
Meine Zuckermaus machte ein böses Gesicht. Jetzt wusste ich, was das bedeutet. Es war eine von den „Erzieherischen Maßnahmen". So nannte sie es, wenn ihre Hand sanft meinen Hinterkopf berührte. (Sie liest diese Texte auch).

„So, für heute reicht das erst einmal. Als Nächstes erkläre ich dir die Chatiquette, die Netiquette und was ein Administrator macht."
„Mensch was soll das? Kaum gefällt mir etwas und schon lässt du mich im Regen steh'n!"
„Das mit dem Regen vergiss lieber schnell. Der Volksmund sagt auch nicht immer die Wahrheit.
Von wegen: "Regen macht schön".
Du hast dich bestimmt immer untergestellt, wenn es regnete."

-

Schatzi, wir treffen uns am Rathaus

Hätte ich diesen Satz niemals gesagt. Ich bereue das zutiefst. Fehler habe ich schon viele gemacht und es werden immer mehr. Liegt eben an meiner frühen Geburt. Aber das was ich mir gestern geleistet habe war der absolute Knaller.

Ich erzähl's mal kurz.
Wir hatten uns durchgerungen, ein neues Auto zu kaufen. Nicht weil Schatzi ein neues Kleid hatte. Nein, unser Auto alterte. Übrigens schneller als ich. Bei mir sind alle Schläuche noch intakt. Auch mit den Bremsbacken habe ich noch kein Problem. Merkte ich erst gestern wieder, als die Straße glatt war. Und lenken lasse ich mich auch gut (sagt Schatzi).
Mit Brille kann ich auch weiter sehen, als die Scheinwerfer leuchten. Ich nehme auch weniger Sprit. Hier ist Schatzi anderer Meinung.
Jedenfalls rufen die aus dem Autohaus an, wir können „Unser bestes Stück" abholen. Ehrlich.
Ich fühlte richtig, wie mir der Kamm schwoll. Ich wollte der Dame am Telefon noch schnell erläutern wer oder was mein bestes Stück ist, aber sie hatte schon aufgelegt.
Ich muss ja persönlich im Autohaus erscheinen, dann kläre ich das mit ihr.
Ich rufe also Schatzi die freudige Nachricht zu und nach kurzer Zeit sausen wir ab zum Autohaus. Natürlich mit den „Öffentlichen".
In der Bahn hatte ich das Gefühl die Leute gucken so komisch. Wir wurden von oben bis unten gemustert. Das begann schon am Fahrschein-Automaten. Einige flüsterten miteinander. Ich kannte aber niemand. Was war wohl die Ursache? Uns kannte auch niemand.

Jahrelang nur Auto fahren und plötzlich in der Straßenbahn? Ich denke die guckten, ob unsere Beine zur üblichen Körperhöhe im Einklang standen.
Ich kenne das schon: „Wenn du immer nur mit dem Auto

fährst schrumpfen dir die Beine. Du brauchst sie ja kaum."
Evolution oder so.
Rotzfrech guckte ich in die Runde. "Die sollen mal mein neues Auto sehen".
Zuviel Grübeln nutzt auch nichts. Ich guckte in Schatzis strahlendes Gesicht und flüsterte: „Die sehen uns in den nächsten Jahren nicht wieder". Ich bekam dafür einen strahlenden Blick aus Schatzis Augen.
„Schatz, ich muss nur noch schnell zur Reinigung. Muss etwas abholen. Ich steige eine Station früher aus. „Dann treffen wir uns am Rathaus" Ich nickte verständnisvoll in ihre Richtung.

Alles wie geplant. Ich fahre eine Station weiter als Schatzi und trapple nun ungeduldig wartend am Rathaus auf und ab.

Da kommt doch der Reinhold auf mich zu. Nicht mein bester Freund, aber man redet eben mal miteinander.
„He, was geht Alder?"
Diese Redewendungen klaut er immer von seinem Enkel. Das hält ihn jung meint er.
Etwas käsig antwortete ich wahrheitsgemäß.
„Eh, neue Karre abholen oder was?" Ich nickte.
„Warum stehen wir hier noch rum? Komm' hopp, hopp".
„Ich muss noch auf Schatzi warten" wiegelte ich ab.
„Dann erzähle doch mal was von dem Schlitten".
Ich holte tief Luft. Endlich konnte ich mal etwas loswerden.
„Schick in Blau, Ledersitze, Lenkrad auch in Leder. Eierwärmer, Navi, Xenon-Scheinwerfer, Alu-Felgen, 2 Liter ..." O ja. Ich hatte lange Luft zum Reden.
Reinhold kannte jetzt unser neues Auto, ohne es gesehen zu haben.
„Was hat den dein Schatzi heute an? Dann kann ich sie besser sehen".
???
„Äh? Na, wie immer. Flotte Jacke in beige, braune Stiefelchen und ihre rote Baskenmütze. Ohne macht sie doch

keinen Schritt aus dem Haus".
Reinhold hielt Ausschau.
Plötzlich tippte mir jemand auf die Schulter: „Schatz, bin wieder hier. Hat auch nicht lange gedauert?"
Stumm guckte ich mein Schatzi an.

„He, wo kommst du denn her?" brüllte Reinhold. „Kein Wunder, dass ich dich nicht gesehen habe. Ich hielt nach einer roten Mütze und einer beigefarbenen Jacke Ausschau".
„Und wie kommst du darauf?"
„Na, so hat "Ihmchen" dich beschrieben". Er zeigte auf mich.

Heute wollte ich nur noch weit weg auf einer Insel sein. Ohne Schatzi. Alles wäre noch gegangen. Ihrem strafenden Blick hielt ich noch stand.
„Heute trage ich einen weißen Hut Schatzi; und die Jacke ist blau Schatzi. Die Schuhe sind Stiefel".
Da war ihr spitzer Ton. Den mochte ich nicht.
Ich trottete den Beiden zum Autohaus hinterher.
„Du solltest deine Frau mal ansehen, wenn du mit ihr das Haus verlässt" setzte Reinhold noch eins drauf.
„Wenn du sie nicht willst, nehme ich sie und du kannst meine Gitti haben".
Ich schwieg beharrlich.

Wir kamen doch noch im Autohaus an. Auch wenn ich nur so vor mich hinschlich.
Wagen vorführen, Foto mit Schatzi und Schatzi und Auto.
Dann endlich die Schlüssel.
Flink griff ich danach. Schatzi war schneller.
„Geben sie ihm lieber nicht die Schlüssel. Er muss heute noch zum Augentest. Ich fahre!"
Das schmerzte!
Ich öffnete die Beifahrertür.
„Du sitzt heute hinten" kam ein neues Kommando.
„Hier vorn brauche ich jemand der nicht farbenblind ist. Komm Reinhold!"
Als wir losfuhren, spürte ich auf der Rückbank

andeutungsweise etwas von PS und ABS. Und das Radio klang auch gut. Ich konnte es gut hören, während die beiden vorn rumgackerten und die technischen Parameter unseres Autos erörterten.

•

Schatzi, woran denkst du gerade?

Schön ist es draußen. Ich sitze in der Küche, direkt mit dem Blick auf Bäume, die sich herbstlich färben. Am Himmel kreist ein Bussard. Die Wolken haben heute aber wieder komische Formen.
Von wegen „Schäfchen". Einige sehen fast drohend aus. Au! Man ist der Kaffee heiß. Butter auf frischem Brot schmeckt wirklich am besten, wenn man nichts weiter drauflegt.

Mit der Tram fahren ist schöner. Jetzt treffe ich sogar Leute aus einem Haus. Gut, dass wir das Auto verkauft haben. Die neuen Autos sehen aus wie Schützenpanzer. Richtig bullig.

Wenn ich heute nicht die Tintenpatrone im Drucker auffülle, kann ich das Kalenderblatt für die nächste Woche nicht ausdrucken. Der Laserdrucker hat doch weniger Auflösung? Die Kamera hatte ich doch gut gekauft. Schöne Fotos, die von gestern. Keine Papierabzüge mehr im Schrank. Nur noch Dateien auf der Festplatte. Spart Platz.

Heute wird es bestimmt warm. Ich ziehe das Kurzärmelige an. Um halb sechs noch zum Treff. Hoffentlich quatscht Rudi nicht wieder so lange.
Wann waren wir das letzte Mal so richtig aus?
Wie ging das damals eigentlich, als wir noch arbeiteten? Sieben Minuten gab's für das Frühstück. Kinder in den Kindergarten und 9 Stunden auf der Arbeit. Dann die Fahrzeit. Eigentlich ging man doch nur arbeiten, um sich zu ernähren. Geblieben ist mir kein Geld.
Wer hat heute mein Geld? Kinder sind teuer. Was war im Markt los? Sonst kosten die Eier 1,45 - gestern nur 1,29?
Ich bin kein „Hallo" habe ich dem an der Kasse gestern noch gesagt.
Irgendwas schnürt mir den Hals zu. Muss ich nun heulen? Sentimentaler Dussel! Man wird mir warm.
„Schatzi? Woran denkst du gerade?

Mein Schatzi hatte den Arm um meinen Hals gelegt und zog mich enger an sich heran.
•

Schatzi zieh' bitte die Handschuhe an

„Schatzi, du hast schon wieder vergessen deine Handschuhe anzuziehen".
Wir saßen in der Tram und ringsum hustete und schniefte es.
Schatzi reagierte nicht.
„Schatzi, da haben wir die teuren Dinger gekauft und du ziehst sie nicht an. Die sind doch schick? Oder? Wenn du willst, kaufen wir noch ein Paar in einer anderen Farbe. Aber wenn du das Haus verlässt, solltest du die Handschuhe tragen. Sie sind doch auch aus schönem dünnem Leder. Nicht gefüttert."

Schatzi reagierte nicht, wenn ich mal von einem kleinen weichen Händedruck absehe. Irgendwie verträumt sah sie aus dem Fenster.
Jetzt wurde ich eindringlicher.
„Kannst du dir vorstellen, wie viele Erreger in dieser Straßenbahn herumsausen? Das sind Millionen. Und jedes winzige Teilchen kann eine Krankheit verursachen. Du weißt doch Tröpfcheninfektion und so. Dann hier die verkeimten Griffe. Wenn du krank wirst, muss ich dich pflegen. Das macht viel Arbeit. Und die Wäsche waschen. Ich stehe doch mit der Waschmaschine auf dem Kriegsfuß. Mal ein wenig krank sein ist ja ganz hübsch, aber... Und du warst ja schon einmal krank. Mein Gott, wie viel Erreger hier sind. Wie kannst du das ignorieren?"

Es half nichts. Schatzi zeigte keine nennenswerte Reaktion, außer dass sie meine Hand fest drückte.
Wir waren angekommen. Ich drückte den Türöffner. Ich folgte meinem Schatzi etwas ungeduldig aus der Bahn. Draußen sagte ich schon etwas lauter: „Du hättest ja wirklich mal was dazu sagen können. Ich rede mir den Mund fusselig und du sagst nichts".

Schatzi rückte dicht heran und kitzelte mich mit einem Finger in meiner Handfläche.
Es durch fuhr mich wie ein Blitz. Sie guckte mich liebevoll an:
„Was hätte ich denn sagen sollen? Das ging doch nicht in der Straßenbahn.
Du immer mit deinen warmen Lippen an meinem Ohr. Dann dein warmer Hauch. Denkst du wirklich da, kann ich an die anderen Erreger denken?"

•

Schatzi, wir sind vernetzt...

... rief ich jubelnd ins Wohnzimmer.
„Verheiratet!" kam es zurück.
„Das auch Schatzilein, aber nun auch noch vernetzt. Sieh mal das ist so ..." erkläre ich knapp.
Ich raffte kurz zusammen, was ich von Router, W-LAN und LAN wusste. Alle 45 Minuten stupste ich sie liebevoll an, wenn ich merkte, dass sie nicht mehr an meinen Lippen hing.
„Ich drücke jetzt hier noch "Enter" an deinem Laptop und schon geht's los."
„Wie jetzt? Entern? Das ist immer so grausam. Damals mit Errol Flynn zeigten sie noch nicht soviel Blut. So was will ich nicht. Schalte das ab."
„Aber du kannst jetzt die Musik von meinem PC hören. Hier hör' mal.
Ich habe die Wildecker Herzbuben gerippt. Magst du doch?"
„Ach die Pummelchen. Lass sie, wie sie sind. Ich mag so dürre Sänger nicht. Kein Volumen – also auch kein Volumen in der Stimme. Musst sie also nicht mehr rippen."
„Und sonst?"
„Na, wenn wir jetzt beide unsere Webcam anhaben können wir uns unterhalten und uns sehen."
„Aber du bist doch im Nebenzimmer?"
„Jaaa bin ich. War auch nur ein Beispiel. Ich kann dir aber jetzt so kleine Zettelchen auf deinen Laptop schicken und dir zum Beispiel mitteilen, dass das Bier alle oder es Kaffeezeit ist.
Dann poppt bei dir auf dem Bildschirm so ein kleines Fenster auf und du kannst alles lesen."
„Poppt? Typisch Mann. Immer denkst du nur an dein Vergnügen."
„Wenn du dann mal etwas an deinem Laptop hast, womit du nicht klarkommst, kann ich eine Fernwartung machen. Klasse was?"
„Muss ich dich dazu anrufen oder anmailen?"

Ihre Stimme klang etwas spitz.
Ja, ich habe ein eigenes Telefon mit einer eigenen Nummer. Aber damit rufe ich keine anderen Frauen an als meine Töchter und deren Töchter.
Ach ja. Die vom Callcenter hat auch eine süße Stimme.
Spätabends machte es auf meinem Monitor „Plopp": „Ich hab' jetzt genug von digital. Wir treffen uns im Schlafzimmer und probieren, ob analog noch was geht."
Aha. Meine Erklärungen sind doch auf fruchtbaren Boden gefallen.
Stolz fahre ich meinen PC runter.

•

Schatzi, wir sind eingeladen!

Schatzi döste auf ihrem Lieblingssofa. Auf dem TV lösten sich bunte Bilder blitzartig ab.
„Was guckst du?"
Ja, auch wir bemühen uns, in moderner deutscher Sprache zu sprechen. Allerdings haben wir den Akzent nicht so drauf. Aber wir verstehen uns. Schon 50 Jahre. Darum geht es jetzt aber nicht.
„Was guckst du?" schnurrte ich. Schließlich brauchte ich jetzt Aufmerksamkeit.
„Weiß nicht'. Guck doch hin."
Hm. So ging das nicht. Neuer Versuch.

„Wilfried hat mich vorhin angerufen."
Schatzi blinzelte und war dem Einschlafen näher als einer Unterhaltung.
„Ich soll dich übrigens von Mathilde grüßen".
„Ist die immer noch mit dem Wilfried verheiratet?"
Jetzt hatte ich mein Schatzi endlich an der Angel. Sie hörte zu.
Prompt kam auch schon die nächste Frage: „Was hat die denn für einen Neuen? Auch so einen notorischen Fremdgeher wie Wilfried?"
„Schatzi, die sind noch zusammen. Deshalb hat Wilfried ja angerufen."
„Wilfried hat angerufen? Wie kommt der dazu? Weiß der nicht, dass ich den nicht mag? Neulich hatte ich den mit so einer Blonden gesehen. Die rückte ihm immer so auf die Pelle. Und die Lippen hatte die geschminkt. Ich glaube die bekommt Lippenstifte im Zehnerpack."

Schatzi hatte jetzt die Augen auf und redete ohne Unterlass. Ich war froh, dass sie nicht mehr wie ein Schluck Wasser auf dem Sofa hing, aber jetzt war sie ein Wasserfall.
Die Zusammenfassung: Die Blonde wohnte drei Häuser weiter, ist zu alt für Wilfried, hat zu dünne Haare und gibt ihr Geld nur für unnützes Zeug aus. Und ihre braunen

Schuhe sollte sie mal zum Schuhmacher bringen.
„Liebes! Ich wollte dir noch etwas sagen."
„Was sagen? Kennst du die Olle etwa auch? Fang bloß mit der nichts an, sonst kannst du unsere goldene Hochzeit alleine Feiern. Vielleicht schafft es der Anwalt noch, uns vorher zu scheiden. Dann gibt es nicht einmal eine "Goldene" für dich."
Jetzt redete Schatzi Blech.
„Schatzi" flehte ich.
"Ich wollte dir nur noch etwas sagen. Der Wilfried ...".
„Hör mir nur mit dem Hallodri auf. Der wollte mich doch neulich glatt in ein Café abschleppen. Ist verheiratet und dann so was. Ich würde nie mitgehen. Schon wegen Mathilde nicht. Sie ist so eine Liebe" seufzte Schatzi noch.
Jetzt verstummte sie, weil sie tief Luft holte.

Das war meine Chance. Ehe sie ihre Lippen öffnen konnte, warf ich schnell meinen Satz in den Raum: „Wilfried hat angerufen und ich soll dir von Mathilde bestellen, dass sie uns einladet."
Jetzt war es heraus. Meine Geduld trug Früchte. So sind wir Ehemänner. Immer geduldig zuhören, bis man selbst einen Satz einwerfen kann. Erst dann wird aus einem Monolog eine Unterhaltung. Ob die heutige Jugend das auch einmal lernen wird?
„Und die Mathilde hat angerufen? Warum hast du mir nicht das Telefon gegeben?"
„Wilfried" hauchte ich.
„Ach der Wilfried. Erzählt er immer noch seine uralten Witze? Und was wollte er?
"Ach ja, etwas von Mathilde."
"Was war das?"
„Schatzi, sie hat uns eingeladen".
„Und wozu? Du lässt dir auch jedes Wort aus der Nase ziehen. Kannst du nicht normal mit mir reden und im ganzen Satz reden? Ich hatte das schon in der Schule. "Mädel, sprich im ganzen Satz, sonst versteht dich niemand".

Ständig nervte die Zicke, wenn ich mal etwas sagen wollte."

„Mathilde und Wilfried haben uns eingeladen. Wir sollen am Sonntag zum Katerfrühstück kommen."
Ich hatte zwei Sätze gewagt.
Mein Schatzi machte auch achtungsvoll eine längere Pause, bis sie zur Gegenfrage ansetzte:
„Hatten die nicht immer einen Vogel? Und nun hat eine Katze den gefressen? Ich wusste nicht, dass sie eine Katze haben. Oder präziser – einen Kater. Seit wann?"
„Liebes. Es wird ein Katerfrühstück. Nur wir beide sind eingeladen."
„Aha. Sie macht immer so schöne Bouletten. Und ihre Salate sind ein Gedicht. Kriege ich nicht hin. Und der Kater? Isst der mit uns?
Wie heißt der eigentlich?
Ich muss schließlich wissen, wie ich ihn anrede."
Ich rollte die Augen.

Ein Kater ist nicht da. Sie feiern am Sonnabend irgendetwas Großes. Da haben sie viele Leute eingeladen. Und am Sonntag wollen sie mit uns die Reste vertilgen. Weil wir doch fast Freunde sind."
„Reeeeste? Ich soll Reste essen? Das kannst du alleine machen. Zuhause kratzt du auch immer alle Töpfe aus. Wenn ich schon "Reste" höre.
Da gehe ich nicht hin. Und dann noch einen Kater am Tisch. Wenn das Vieh so haart, habe ich nachher mein hübsches "Schwarzes" voller Katzenhaare. Einfach eklig."

Das Telefon klingelte und enthob mich weiterer Erläuterungen.
„Ach du bist das Mathilde" flötete Schatzi „Schön, endlich mal wieder etwas von dir zu hören. Wie geht es Euch? Ihr habt gefeiert sagt mein Schatz? Ach erst am Sonnabend? Ach so. Und weswegen rufst du an?
Ah. Das ist aber nett von dir, dass du uns einladest. Natürlich kommen wir am Sonntag zum Resteessen.

Katerfrühstück? Du hast Mäuse?
Ach, sag das doch gleich, dass man zum Resteverputzen Katerfrühstück sagt. Ich kannte den Begriff wohl nicht oder habe ihn vergessen. Du weißt ja, das Alter.
Du bist ja zwei Jahre älter als ich. Bei dir muss das mit dem Vergessen noch schlimmer sein.
Also dann bis Sonnabend. Und zieh dem Kater vorher das Fell ab. Ich mag keine Haare im Mund.
Hi hi. kleiner Scherz. Tschüssi Mathilde"
•

Schatzi will geputzte Schuhe

"Schatzi putzt du mir bitte die Schuhe?"
Ehrlich, Männer, da werdet ihr doch auch schwach?
Das ist zwar keine Frage, sondern eine Anweisung, aber WIE Schatzi das sagte. Mir knickten fast die Knie ein.
Ich lächelte sie dankend an. Endlich konnte ich meinen Computer verlassen und etwas wirklich Wichtiges tun.

Vor der Wohnungstür baute ich das Schuhputzzeugs auf, stellte mir eine „Rutsche" (Fußbank) hin, band mir eine Schürze um, dann bat ich mein Schatzi: „Bringst du mir bitte die Schuhe?"
„Was denkst du dir eigentlich. Erst soll ich dir ein ordentliches Essen kochen, schmecken soll es auch noch und nun soll ich dich auch noch bedienen?" sagt es wenig freundlich und liest weiter irgend so ein Frauenblatt.

Also wieder hoch von der „Rutsche" und zum Schuhschrank, ins Schlafzimmer, ins Kinderzimmer. Schuhe einsammeln. Sie hat nicht zu viele Schuhe. Nur muss sie öfter den Lagerplatz ändern, weil der vorherige voll ist.
„Schatzi, einige Schuhe haben Gehfalten" rief ich.
„Ich nehme doch aber immer dieses "AntiAging-Zeugs'" schallt es zurück. „Ich kann doch gar keine Falten haben. Oder hast du bei mir schon eine Falte gesehen?"
"Nein Schatzi, wo denkst du hin. Niemals!
Still putze ich weiter.
„Wie lange brauchst du noch, Schatz?" Ich kann schon mal eine Frage ignorieren.
„Ich wollte das Essen aufwärmen"
"Delikat" ging es mir durch den Kopf. Aufgewärmtes Essen. Hmmm.
„Schatzi, ich mache nur noch die Spanner rein."
Stille.

Dann wie ein geölter Blitz rast es aus der Küche:
„Wo sind die Schweine? Nicht mal Zeitung kann man lesen

– schon wird man beobachtet. Dagegen musst du jetzt aber was unternehmen. Stell' dir doch mal vor ich hätte nichts an!"
Ich stellte es mir vor und gab ihr einen Schmatz, räumte die Schuhe weg und ... dann aßen wir.

•

Schatzi will mir den Hahn zudrehen

Das hatte ich nicht erwartet. Ich saß völlig geknickt in meinem Sessel. Neben mir wurde das Bier warm. Ich war zu sehr erschüttert, um zum Glas zu greifen. Mein Kopf war fast leer gefegt. Nur noch ein Satz kreiste darin herum: „Wir müssen mal über dein Taschengeld reden!" Dieser Satz stammt von Schatzi. Meinem Schatzi. Dasselbe Schatzi über das ich hier so viele lobende Worte geschrieben habe. Und Schatzi hatte keine Ursache mich so aus meiner Lebensbahn zu werfen.

Ich brauche doch nicht viel. Drei Mahlzeiten am Tag, etwas Bier (Angaben in Liter, Kästen oder Flaschen unterlasse ich hier aus Gründen des Kinder- und Jugendschutzes), dann noch Kaffee und Kuchen. Auch mein Hobby kostet nicht viel. Computer sind derart preiswert geworden, dass ich überlege, ob ich den Eigenbau gänzlich aufgebe. Was brauche ich denn wirklich als PC? Zwei Festplatten im Terra-Bereich?, einen i7-Prozessor? Einen Mediaplayer und für mehr als drei Drucker reicht der Platz wirklich nicht.

Aber ich spare ja schon lange. Nichts dergleichen habe ich. Ich habe die Sparvariante. Wie die aussieht? Sage ich hier nicht. Mein Freund Edgar liest hier auch mit. Wenn er das liest, will der die paar Hunderter auch noch wieder haben, die ich mir von ihm vor drei Jahren geliehen habe.

Ich überwand nach einigen Tagen meine Lethargie und ging zum Sozialamt. Hier wollte ich wissen, was ich als Taschengeld verlangen kann. Die „Grundversorgung" sozusagen.

Die junge Dame war wirklich nett. Nur dass sie so komisch guckte, als ich ihr mein Anliegen darlegte. Ich bin das aber gewohnt, komisch angesehen zu werden. Ich bin nämlich nicht komisch. Zugekniffene Lippen. Sehr heller Scheitel. Ich trage keine Jeans. Zugegeben, Letzteres ist komisch. Ich lache aber nie darüber.

Die nette Dame bemühte sich wirklich. Sie fragte mich nach allen meinen Aktiva und Passiva. Ich musste ihr sogar das kleine Versteck in meinem alten Gummistiefel beichten. Das war schmerzhaft.
Zum Abschluss ihrer Untersuchung reichte sie mir ein Blatt Papier.
„Bitte" hauchte sie.
Mit einer Hand hielt ich das Blatt, mit der anderen Hand griff ich zur Tischkante. Ich sah erst die Zahlen, dann nur noch dunkle Flecken.
„Ist ihnen nicht gut, Herr Müller?" fragte sie mitfühlend. Wie durch Watte hörte ich sie.
„Ist schon gut" stammelte ich und verließ mit wackligen Beinen das Büro.

Ich schlich wieder nach hause zu meinem Schatzi. Mein Pfahl, an dem ich mich halten konnte, meine Stütze in den jetzigen mageren Jahren, mein Kopfkissen in das Ich mich weinend wühlen kann, wenn mir danach ist.
„Ach Schatzi, wenn du wüsstest, welche Leiden ich zurzeit durchlebe. Ich denke wir sollten mal über mein Taschengeld reden".

Schatzi guckte mich verblüfft an.
„Das wollte ich doch schon lange, aber du hast einfach das Haus verlassen".
Sie redete lange und eindringlich. Meine Beiträge waren viertelstündlich ein zustimmendes Kopfnicken. Schatzi's Miene hellte sich stündlich mehr auf.

Zur Abendzeit hatten wir ein Ergebnis erzielt. Es ist sozialverträglich und wir sind jetzt gut aufgestellt. Eigentlich war es nicht unsere Idee. Aber es führte kein Weg daran vorbei, die Ergebnisse des Weltwirtschaftsgipfels auch in unseren kleinen privaten Bereich zu übertragen.

Der Schlusssatz unserer Übereinkunft lautete: „Wir bemühen uns um einen wachstumsfreundlichen Defizitabbau".
-

Schatzi, wann haben wir endlich mal frei?

Das habe ich in letzter Zeit öfter geseufzt. Ist auch kein Wunder. Jeder Tag läuft mit irgendwelchen wichtigen Terminen ab.

Das war damals anders.
Damals, als wir noch berufstätig waren. Zu dieser Zeit war jede Stunde, jede Minute eingeteilt. Kinder, Beruf, Kinder! Dazwischen lagen kleine Inseln zum Ausruhen.
„Ihr müsst Prioritäten setzen!"
Ein schlauer Rat unserer Freunde. Wir hatten in unserem ganzen Leben nur drei Prioritäten. Welche war gemeint? Corinna? Monika oder Marion?
Wir waren im Trott und so trotteten wir die ganzen Jahrzehnte.
Zuerst fielen unsere drei Prioritäten weg. Sie gingen aus dem Haus und wollten von nun an für sich selbst sorgen.

Jetzt ging es los. Schnell ein Hobby gepflegt und das recht ausgiebig. Jetzt liefen unsere ehemaligen Prioritäten nur noch neben her.
Der Beruf war zwar anstrengend, aber gerade jetzt machte er besonders Freude. Neue Herausforderungen, neue Verdienstmöglichkeiten.
Es gab mehr Zeit für unsere Entspannung.
„Was machen wir morgen?"
Jetzt konnten wir das festlegen. Nicht einmal Enkel stellten da neue Anforderungen. Enkel sind zum Knuddeln da – wir müssen sie nicht erziehen. Klar?
Das Leben wurde ruhiger.

Die Beendigung der Berufstätigkeit empfanden wir nicht als einschneidend. Der neue Luxus war „ausschlafen", d. h. Aufwachen ohne Wecker.
Langeweile? Was ist das?
„Rentner haben niemals Zeit" - eine alte Fernsehserie. Der

Satz ist passend für uns. Aber selbst bestimmend verwenden wir jetzt unsere Zeit.
Einige feste Termine im Jahr handeln wir gekonnt ab. Die meisten Tage gehören jetzt uns.

Dann wäre doch die Überschrift falsch? Jedenfalls gestern, heute und morgen.
„Schatzi, was machen wir morgen?"
Diese Frage stelle ich jedes Mal zum Tagesende. Dann rätseln wir etwas herum und legen den Tagesablauf für den nächsten Tag in groben Zügen fest. Und schon beginnt die Vorfreude.

So wie gestern. Befriedigt mit dem Tag schlief ich da ein. Mein morgendliches Räkeln und der geplante Tag konnte losgehen.
Schon während des Frühstücks klingelte das Telefon. Ich knurrte etwas mit vollem Mund, aber Schatzi opferte sich.
Sie nickte fleißig von Zeit zu Zeit, lächelte und nickte wiederholt. Ich atmete erleichtert auf. Meine Befürchtungen schienen zerstreut. Es gab nichts Unerfreuliches.

Schatzi legte das Telefon weg. Ich sah sie interessiert an.
„Corinna kommt gleich vorbei. Sie hat eine kleine Naht zu nähen. Geht mit der Hand ganz schnell."
Ich nickte. Kann ja nicht Ewigkeiten dauern.
Nach dem Frühstück, wie immer, ran an den Abwasch. „Das bisschen Haushalt..." singen wir fröhlich ... bis das Telefon klingelt.
Wieder nickte Schatzi freundlich. Fast war es ein Dauernicken.
Ihr Kurzbericht: „Marion muss mal kurz Paulchen bei uns zwischenlagern, so meint sie, da sie mit Luis ganz schnell zum Zahnarzt muss. Sein Backenzahn muckert. Kennst ja Zahnschmerzen."
Ich nickte wieder. Rechnete aber schon die Fehlzeiten zusammen.

Verdammt! Jetzt klingelte es schon wieder! Es war an der Wohnungstür. Ich wollte mich tot stellen, aber Schatzi scheuchte mich:
„Weiß doch jeder, dass wir zuhause sind. Wir gehen schließlich nicht mehr arbeiten. Mach ruhig auf."
„Ach ist aber schön, dass sie zuhause sind – ich dachte sie sind schon weg, weil es schon so spät ist."
Spät? Bald ist es zu spät.
„Ich habe auch nur eine Kleinigkeit. Irgendwie geht an meinem Laptop nichts mehr. Wenn ich einschalte, piept er immer."
„Und sie sind sicher, dass es der Laptop ist, der da piept?"
Ich grinste nicht einmal bei diesem Satz.
„Ja. Stellen sie sich das Mal vor. Nichtsahnend drücke ich so eine kleine Taste oben, da wird er blau und fällt ins Koma."
„Mit ihrem Mann hatten sie doch auch immer dieses Problem."
„Ich habe sie akustisch nicht so verstanden Herr …"
„Ist ja nicht so schlimm. Ich sage nur noch Bescheid, dann komme ich gleich mit."
„Ach, das ist ganz lieb von ihnen. Grüßen sie noch ihre Frau. Ich lasse mich bei ihr entschuldigen."
„Schatzi!" rief ich in die Küche. Bin gleich wieder zurück."
„Ja, gut. Die Kinder kommen ja auch gleich."

Der Vormittag war hin.
Mittagessen zu dritt. Paulchen maulte und wollte nichts Rotes essen. Dann begann er, streng zu riechen.
Ich verzog mich mit meinem Pudding aus der Küche.
Paulchen hinterher.

Das fand ich süß. Schließlich bin ich ein Opa mit Gefühlen. Er setzte sich neben mich, genau so, wie ich es ihm beigebracht habe und guckte auf jeden Löffel, den ich zum Munde führte.
Das hätte ich ja durchgehalten, aber sein Geruch!
Ich drückte ihm meinen Löffel in die Hand und hielt ihm den Pudding hin. Er schmierte sich das Gesicht voll Pudding

und schmatzte befriedigt über jeden Happs, der im Mund landete.

Plötzlich wurde Paulchen ganz still. Seine Wangen plusterten sich auf und schon platzte der bereits gegessene Pudding auf den Teppich.
Schnell lieferte ich das Paulchen-Paket in der Küche ab und rannte mit einem nassen Lappen zum Teppich.
Paulchen traf ich erst wieder, als er zufrieden in einer Wanne mit etwas Wasser planschte.
Ach, süß. Kinder und Wasser. Das kann eine stundenlange Zufriedenheit bei ihnen auslösen. Ich ging nur ab und zu den Fußboden im Bad wischen.

Inzwischen war auch die Naht genäht. Leider konnte ich mich wegen Paulchen nicht mit Corinna sprechen, winkte ihr aber fröhlich zu, als sie an mir vorbei ging.
Als Marion kam, setzte sie noch Luis in die Wanne und verschwand auch in der Küche.
Wenn Frauen etwas zu bereden haben, mische ich mich nicht ein. Ich blieb also der Küche fern.

Kaum saß ich an meinem PC klingelte es Sturm. Schatzi öffnete etwas die Tür und schon stürmte der Hund von Monika herein. Er rannte Schatzi fast um und legte mir seine Vorderpfoten auf die Schultern.
Noch heute verfluche ich den Tag, als ich diesem Riesenvieh Grünen Hering gab. Immer wenn er in meine Nähe kommt, will er nun Hering. Und dass ich Hunde mag hat auch noch niemand in meiner Nähe bemerkt.
Diesem hier bin ich immer machtlos ausgeliefert. Was soll ich auch machen, wenn vor meinem Gesicht ein riesiges Maul aufgeht und eine rote Zunge über mein Gesicht flutscht.
Nennt man so etwas Tierliebe? Also das Tier liebt mich? Oder wie geht Tierliebe?

Am Kaffeetisch ging heute alles friedlich zu. Nur Luis

kreischte kurz auf, als das liebe Hundchen kurz den Kuchen aus seiner Hand schnappte.

„Ihr bleibt doch noch zum Abendbrot?" Schatzi, wie immer, ganz Mutter.
Ich verdrehe die Augen.
Bei einem Gläschen Wein beschlossen wir den Abend.
Als alle Besucher wieder aus dem Haus waren, pustete Schatzi.
„Ich glaube, ich werde alt. Diesen Trubel vertrage ich kaum noch. Wir sollten uns mal einen Tag freinehmen."
•

Schatzi braucht neue Schuhe

Heute begann der Tag so, wie ich es mag.
Augen auf, in die Sonne blinzeln, die ins Zimmer scheint.
Auf der Bettkante sitzend angelte ich nach meinen Latschen.
Schlurfend erreichte ich in gehobener Stimmung das Bad.
Zähne putzen muss sein. Dabei singe ich nie, aber dann unter der Dusche.
„Du kannst jedes Lied verunstalten" kommentiert Schatzi immer meinen Gesang. Heute sagte sie nichts.
„Schatzi!" rief ich.
„Jaaaa" echote es. Aha, heute keine giftige Bemerkung über meinen Gesang.

Frisch kam ich aus der dampfenden Dusche. Jetzt weiß ich auch woher der Begriff "abgebrüht"' kommt. Anziehen ging schnell. Das bisschen Schlabberlook kostet keine Zeit. Eher das Kämmen. Nie klappt das richtig mit meinen Haaren, die etwas zu große Stirn zu bedecken.

Ich deckte den Tisch. Ein Lichtlein brennt immer am Frühstückstisch. Tee, Kaffee.
Schön ist immer der Tagesbeginn.

Heute war alles etwas anders. Noch schöner.
Schatzi reichte mir die Butter, die Marmelade und zwischendurch ihre süße Zuckerschnute. Wenn ich mich recht erinnere, gab es so ein schönes Frühstück schon jahrelang nicht mehr.

„Willst du heute nicht mal etwas anderes anziehen?"
Ich hasse Fangfragen.
Geburtstag? Hochzeitstag? Namenstag? Geburtstag der Schwiegermutter? Besuch?
„Wer kommt denn heute?" Eine Rückfrage schafft erst einmal Raum zum Denken.
Zärtlich legte Schatzi mir den Arm um den Hals.
„Wir müssten heute mal aus dem Haus" Das klang so

"nebenbei".
Sie guckte mich an. Ich guckte zurück. Mir dauerte das eine Ewigkeit.

„Wohin wollen wir denn?" Ein kurzer Schmatz. Schatzi weiß wie sie mit mir umgehen muss.
„Ich brauche ein Paar Schuhe!"

Männer! Welcher Satz ruft unsere wichtigsten ererbten Abwehrmechanismen ab?
"Deine Frau geht fremd!"
Nein!
"Ich bin schwanger"
Nein!
„Alarmstufe Rot" tritt ein, wenn deine Liebste flüstert: "Schatz, ich brauche neue Schuhe!"
Oder die entschärfte Variante „So was könnte ich auch tragen".
Sie reichte mir das Sakko, spuckte auf ihre Finger und strich mir die Haarsträhne aus dem Gesicht.
„He, du bist nicht meine Mutti!"
„Den Unterschied würdest du schon merken" scherzte sie.

Ein Stück mit der Bahn und wir waren mitten im Zentrum. Schuhgeschäft eins bis fünf fielen aus. Schatzi fand nichts Geeignetes.
Aber dann: Dieses Mal kam sogar eine Angestellte um nach unseren Wünschen zu fragen.
„Äh, ja, ich suche ein Paar neue Schuhe" stammelte Schatzi.
Der Kundenservice überraschte sie wohl.
„Wir finden etwas Passendes" versprach die Servicekraft.
„An was dachten sie?"
„Na, so in der Art wie die da drüben, aber nicht so hoher Absatz, aber bitte nicht zu flach. Und dann so ein leichtes Lila, so Aubergine oder violett, aber nicht zu Blau. Vielleicht mit so einem rötlichen Schuss.
Und Leder. Nicht nur innen."
Ich klinkte mich aus. Unser Service-Mäuschen flitzte hinter

die Kulissen und kam mit einen Stapel Kartons zurück.
Schatzi setzte ihre Kontrollmiene auf und zog Paar um Paar an. Manchmal schritt sie den Teppich entlang, drehte kurz, blickte das Service-Mäuschen an. Wenn die aufmunternd guckte, kam sie zum Schuhberg zurück und sagte kurz aber bestimmt:
„So hatte ich mir das aber nicht vorgestellt."

Unserer hilfsbereiten Servicekraft verließen langsam die Kräfte. Sie guckte Hilfe suchend zu mir.
Ich guckte interessiert die großflächige Werbung an den Wänden an. Als sie merkte, dass ich auch keine Hilfe bin, schickte sie einen Blick wie einen Blitzstrahl zur Kassiererin. Die ließ auch sofort ihr Smartphone im Stich und kam zu Hilfe.
„Ist wohl etwas schwer bei unserem umfangreichen Angebot?
Vielleicht müssen wir einkreisen, für welchen Anlass sie die Schuhe tragen wollen?"
Schatzi erfasste eine seltsame Starre. Auf ihrer Stirn perlte es.
„Ja wissen sie, darüber habe ich noch nicht nachgedacht."
Es wurde still im Laden. Alle Blicke richteten sich auf mich.
Mir wurde die Pause zu lang.
„Irgendein Fummel wird doch passen" meinte ich lässig.

Freunde! Männer! Macht das nie! Dieser Satz brachte drei Frauen an den Rand der Hysterie.
Nach einiger Zeit rettete ich mich nach vorn:
„Schatzi, wie wär's, wenn wir uns erst nach einem Kleid umsehen?"

Der Lärm brach schlagartig ab.
Schatzi lächelte mich selig an. Die Servicekraft schien sich erholt zu haben. Jedenfalls wünschte sie uns einen wunderschönen Einkaufsbummel.

„Du bist wirklich ein Schatz" drückte Schatzi mich.

„Mit dir macht einkaufen wenigstens Spaß. Aber wenn wir das Kleid haben, gehen wir wieder in dieses Schuhgeschäft. Die waren so nett dort."

-

Schatzi, ich baue mir jetzt einen Gamer-PC

„Also, das ist so, Schatzi, wenn du mal an unser Auto denkst, dann weißt du doch, wie viel PS das Teil hat.
Und wir fahren doch nie so schnell, wie wir könnten. So haben wir immer Reserven, wenn es mal brenzlig wird. Beim Überholen oder so…
… Oder denk' mal dran, als dem Idioten da vor uns der Reifen platzte. Man, wer fährt auch mit so abgefahrenen Dingern?
Jedenfalls hast du Gummi gegeben und weg waren wir. Besser als anhalten und die Anderen fahren uns hinten drauf. Gut reagiert sage ich da nur.

So ist das mit den Reserven.
Mein PC schleicht doch nur noch. Mit dem kannst du nicht mal auf der mittleren Spur fahren, wenn ich mal diesen Vergleich ziehen darf.
Und immer nur rechts? Ohne gleich politisch zu werden, aber immer nur rechts geht auch nicht. Wenn mich mal ein Kumpel sieht, wie unser Wagen so an der Standspur entlang schleicht. Vielleicht nur noch mit 130 km/h? Ich bin doch glatt erledigt am Stammtisch. Man braucht doch immer ein paar PS mehr unter der Haube als Reserve.

Seit ich das weiß, habe ich im Internet recherchiert und jetzt habe ich so ein Modell vor Augen, da wirft jeder meiner Kumpel das Handtuch. Nee, nicht zum Angeben. Ich will Power seh'n.

Nur mal ein Beispiel. Nicht ein Auto. Aber stell' dir mal vor, ich schalte das Ding ein und der ist in 7 Sekunden von 0 auf 100.
Nicht mal große Marken bieten so etwas an. Und wenn, dann kostet das Teil mindestens 2 Mille oder mehr.
Ich rechne das Mal aus und zeige es dir. Ja Schatzi?"
Ich guckte Schatzi lange an.

Sie blickte von ihrer Illustrierten hoch: „Welche Farbe soll denn der Wagen haben?"
•

Schatzi begeht eine Indiskretion

Das schafft mich wirklich.
Ich renne von einer Stube in die andere, über den Korridor ans Fenster. Wer lässt sich nicht blicken? SCHATZI!

Da kommen doch Gedanken auf und man fängt an zu zählen – wie oft kam Schatzi schon zu spät? Wöchentlich? Monatlich?
Ach ja, meist war sie pünktlich. Etwas ruhiger setze ich mich. Im TiVi läuft Werbung. Zwei liegen auf einer Wiese und sie küsst ihn. Ich schnelle hoch und flitze zum Fenster. Aber nur die kleine Süße vom Nebenaufgang kam die Straße herauf.
Hach ja. Wie die Zeit vergeht. Ist sie halb so alt wie ich?
Hoch gucken könnte sie ja mal.
Gedanken gehen auch mal Nebenwege.

Der Schlüssel knirschte im Türschloss. Schatzi stand im Flur.
„Ach da bist du ja".
Erfreut nahm ich ihre Tasche und gab ihr ein Küsschen.
„Hast du schon lange auf mich gewartet?"
„Ach nöö". Ich guckte auf die Uhr. Fünf Minuten später als Schatzi versprochen hatte. Ich seufzte.
„Habe ich dir so gefehlt?"
Ich nickte wortlos.
Jeder Mann, der schon mal fünf Minuten auf seine Frau wartete wird mich verstehen.
„Schatzi weißt du was mir G. Heute erzählt hat?
(*G. heißt eigentlich anders, aber aus Datenschutzgründen nenne ich sie hier nur G.*)
„Und?" zog ich die Brauen hoch.
„Ja, weißt du der F. (*Datenschutz*) spielt verrückt. G. sagt das F. jeden Abend fast bis Mitternacht im Hobbykeller rumgeistert und erst dort raus kommt, wenn G. schon im Bett liegt."
„Ja und? Vielleicht bastelt er ein Geschenk für G.".

„Sie hat alles durchstöbert, sagt sie, aber nichts gefunden". Wortreich äußerte ich ein „Hm".

„Aber lassen wir das Thema. Der kommt schon wieder zu sich. Männer haben ja zeitweise unerklärliche Anwandlungen. Komisch. Da fällt mit auf, dass man nicht Perioden sagt. Haben Männer keine Perioden?"
„Hm".
Könntest ja auch mal etwas dazu sagen, aber nein, ich muss immer alleine reden. Meinst du es macht Spaß immer Monologe zu halten?
„Nö".
„Was nö?"
„Ich habe keine Periode".

Schatzi riss die Augen auf und schluckte. Wortgewandt fuhr sie unerschrocken fort:
„Weißt du, G. hat ein richtiges Schnäppchen gemacht. Neulich im Warenhaus hat sie sieben Höschen zum Preis von einer erwischt. Alle zusammen nur 2 €. Schade, dass die alle bedruckt sind. Aber schöne weiche Baumwolle. Schön anschmiegsam. Solche wünschte ich mir auch".

Meine Fantasie trieb Spielchen mit mir. Ich sah G. im Höschen. Ich schluckte: „Was steht denn auf den Höschen?"
„Ja, das ist wirklich blöd. Auf jedem Höschen steht etwas Verschiedenes, aber irgendwie doch das Gleiche. Da steht "Montags nie", "Dienstags nie", "Mittwochs nie", "Donnertags nie" und so weiter".
„Hm".

An diesem Tag sprach ich fast nichts mehr.
Am nächsten Tag rief ich F. an. Wir verabredeten uns zum "Schluck Kaffee", wie F. immer zu sagen pflegte.
Aber erst für nächste Woche. Ich brauchte noch Zeit.
Als wir uns setzten, packte ich ein kleines Päckchen auf den Tisch und schob es lässig F. zu.
„Was ist das?"

„Ein Geschenk".
„Du hast mir doch noch nie etwas geschenkt. Warum heute?"
„Pack aus!" befahl ich.
F. öffnete die Verpackung. Dann hielt er eine Herrenunterhose hoch. Brüllendes Lachen in unserer "Kaffeestube".
Die Leute lagen fast auf den Tischen.
F. las vor: "Jetzt oder nie!"
„Und warum sieben Stück?"
„Damit du endlich mal aus deinem Hobbykeller kommst".
Ein Grinsen ging über das Gesicht von F.

-

Schatzi wird modernisiert

Die Zeit geht dahin. Alle Welt verändert sich. Nicht immer sehe ich das mit Bedauern.

Denke ich an mich, so hat die Zeit viel Gutes an mir verrichtet. Im Verlauf der Jahrzehnte bin ich ein großer starker Kerl geworden, den kaum etwas umwirft.
Gerade wieder beim letzten Klassentreffen. Da lagen sie meine armen, schwächlichen Mitschüler. Unter dem Tisch!
Trotzig, mit einem flotten Spruch auf den Lippen habe ich sie fallen oder rutschen sehen. Ich war der Letzte, der sich vom Stuhl erhob und zu den leeren Stühlen an meinen Tisch gewandt rief ich noch einmal mit starker Stimme: "Die alten Deutschen nahmen noch einen!"
Als kein Echo kam, legte ich nach: "Wo eine deutsche Eiche steht, da steht sie!" Erschöpft ließ ich mich zurück auf meinen Stuhl fallen.

Was jetzt noch? Die Liesbet anbaggern? Hatte ich vor 60 Jahren schon erfolglos versucht.
Mit der Moni hatte es damals auch nicht so recht geklappt. Noch heute habe ich ihre messerscharfen Worte im Ohr, die zu unserer Trennung führten:
„Musst nicht immer so sabbern beim Küssen!"

Was wusste Moni schon. Gerade zehn Jahre alt geworden konnte ich jetzt den Unterschied zwischen Jungen und Mädchen gerade unterscheiden.
Die Mädels versteckten sich immer, wenn sie mal …, na ihr wisst, schon. Wir Jungs schrieben unseren Namen in den Sand oder in den Schnee. Im Stehen!
Oder standen hinter dem Baum.

Die Mädels hatten so eine schnuckelige Schnute. Wie zum Küssen geschaffen. Später sagte man mir, das wäre ein Schmollmund, mit dem große Mädchen alles bekommen

was sie wollen.
Aber diese Schnuten bemerkte ich gerade. Keiner meiner Kumpels hatte so etwas. Nicht einmal Jürgen, mit dem ich immer zusammenhockte.

Da konnte mir doch nur das Wasser im Mund zusammenlaufen?

Nun saß Moni da vorn am Tisch und gackerte mit den anderen Mädels aus unserer ehemaligen Klasse. Ob sie sich an meine Küsse erinnert?
Und ihren Mann hat sie auch schon begraben!
War vielleicht ganz gut, dass ich Moni sausen ließ, damals. Sonst läge ich schon unter der Erde.

Schade, das Schatzi nicht hier ist. Sie könnte mich von meinen rückwärts gewandten Gedanken ablenken.
Ich seufzte.
Ach Schatzi!
Es geht ihr gerade nicht so gut. Sie hat es im Kreuz.
Es ziept hier, es quietscht dort.
Ich hoffe, dass das Päckchen vom Versandhaus schon angekommen ist, wenn ich nach Hause komme.

Schatzi braucht Wärme, sagt sie.
Als sie das erstmals erwähnte, war ich glatt von den Socken. Was gab ich ihr den die ganzen Jahrzehnte? Natürlich viel Wärme.
Da ging es manchmal richtig heiß her. Ganz rot im Gesicht wurde dann Schatzi. Sie glühte förmlich.
An mir konnte es nicht liegen, wenn ihr die Kälte ins Kreuz kroch und Schmerzen verursachten.
Aber jetzt wird alles besser. Das habe ich ihr fest versprochen.

Ich verdrückte mich vom Klassentreffen. Meine Stimmung war dahin.
Wie geht das? Kaum denke ich an Schatzi habe ich an den

anderen Frauen kein Interesse. Das kann doch nicht an ihren Rückenschmerzen liegen?
Ich habe noch in Erinnerung, dass der Weg nach Hause ziemlich lang war. Und die Straße war früher auch mal gerader. Immer diese Umwege. Ständig standen irgendwelche Laternen oder Aufsteller im Weg. Das dauerte ewig, sie zu umgehen. Einige musste ich mehrmals umrunden, ehe sie verschwanden.

Schatzi empfing mich wie immer. Schweigend. So etwas tut einfach gut. Keine Worte des Vorwurfs. Keine erhobene Stimme und unendliche Klagen über verschwendetes Geld. Schweigend nahm sie mein Bettzeug vom Ehebett und warf es mir vor die Füße. Schweigend warf sie die Schlafzimmertür ins Schloss.

Schweigend bückte ich mich und sortierte den Krempel vor meinen Füßen. Aber irgendetwas störte mich. Immer, wenn ich mit dem Kopf abwärtsging, um etwas aufzuheben, kam Schwung in meinen Körper und ich hatte Mühe nicht hinzufallen.
Jedenfalls schaffte ich es mit meiner allseits bekannten Härte und dem unauslöschlichen Willen, der mir innewohnt, die Bettsachen auf das Sofa zu legen und mich auch.

Der Tag war geschafft, seufzte ich noch, ehe ich an nichts mehr dachte.
Im Traum erschien mir Jürgen. Ihr wisst – mein Kumpel von damals. Immer wieder versuchte er mich zu küssen, aber ich bemerkte, dass er keine süße Schnute hatte. Und so rannte ich fort. Er hinterher. Ich will hier nicht schildern, wie weit das noch ging. Wach wurde ich, als mich sein Bart im Gesicht kratzte. Und kalt wurde es mir. Mühsam öffnete ich ein Auge und blinzelte.

Da war mein Schatzi wieder. Das mit Jürgen war ein Albtraum. Schatzi hielt die Schuhbürste in der Hand. „Schwarz" stand in großen, roten Buchstaben darauf. Das hatte ich einmal auf die Bürste geschrieben, weil einer von uns beiden immer die verkehrte Bürste nahm. Dann hatten die hellen Schuhe immer schwarze Schlieren. Ich hatte das aber niemals verwechselt!

Schatzi kam wieder mit der Schuhbürste in die Nähe meines Gesichts:
„Der Tag ist fast 'rum und du bist dran mit dem Schuhe putzen!" befahl sie mir.
Aah. Keinen Bart folgerte ich erleichtert. Als ich an mich entlang sah, lag ich immer noch in Straßenkleidung auf dem Sofa.
Ich sprang vom Sofa ... ich wollte vom Sofa springen, um Schatzi gehorsam zu sein, aber etwas lag wie Blei auf mir. Den Kopf konnte ich auch nicht heben.

Erstes Bein vom Sofa, zweites Bein vom Sofa. Und?
Da lag ich hilflos mit meinen bleiernen Gliedern.
Schatzi zog mich endlich mit ihrer hilfreichen Hand in die Senkrechte.

Heute war das Tageslicht aber besonders hell. Schatzi redete auch lauter als sonst. Lag das daran, dass ich nach langer 360tägiger Abstinenz mal wieder beim Klassentreffen war?
Auf dem Weg zum Badezimmer stolperte ich noch über mein Bettzeug. Warum Schatzi das dorthin gelegt hat, muss ich sie nachher noch fragen.

Ich unterlasse es jetzt, meinen körperlichen und geistigen Zustand an diesem Tag zu schildern. Lieber erzähle ich von den Annehmlichkeiten, die mir an diesem Tag noch widerfuhren.
„Schatz! Das Päckchen von Versandhaus ist da" lächelte Schatzi mir zu.
„Zeig' her!" ordnete ich an.
Mühsam polkte ich ein Heizkissen aus dem ganzen Gewirr von Papier, Karton und Plastik.
Es war kein Heizkissen, sondern ein Heizgurt.

Ich übergab Schatzi den Gurt und bat sie um eine Anprobe. Mit Klettverschluss, Kabel und Netzstecker dauerte das eine Weile.
Aber dann stand sie vor mir!
Das war ein Bild!

Langsam kroch ein leichtes knickern in mir hoch. Meine Mundwinkel wollten sich nach oben verziehen. Tapfer schluckte ich alles 'runter und setzte meine übliche trübsinnige Miene wieder auf.
„Ist was?" Schatzi hatte wohl doch etwas von meinem Anflug von Heiterkeit bemerkt.

„Steckst du bitte mal den Stecker in die Steckdose?"
Aber klar. Damit hatte ich kein Problem. Ich nahm den Stecker; dabei hielt ich mir die Hand vor dem Mund, als ich ihn in die Steckdose steckte.
„Warum grinst du so fies?"
Schatzi Kontrollmechanismen waren geweckt.
„Nichts" mehr brachte ich nicht heraus.
„Kaum hast du was in der Hand und siehst ein Loch rastet du aus.
Schatz, das ist ein Stecker!"
Es kam etwas böse herüber – muss ich mal feststellen.
„Also was ist los? Der Heiz-Dingsbums kann es wohl nicht sein, was dich so erheitert? Was ist es?"

Jetzt schnell wieder die Migräne-Miene aufsetzen sonst gibt es heute noch ein sehr langes Gespräch.
„Weißt du, Schatzi, das Heizkissen ist super. Deine Schmerzen im Kreuz suchen das Weite, wenn du den Gürtel umschnallst. Er wird dir sehr helfen."
„Und das ist so lustig?"
„Natürlich nicht. Ich lache doch nicht über dich. Ich habe bisher noch nie allein gelacht. Immer lachten wir gemeinsam. "Einmal am Tag lachen und wir werden hundert! Kennst doch unser Motto."

Schatzi guckte immer noch skeptisch.
„Irgendetwas gibt es da noch. Du bist doch sonst nicht so albern!"
Schatzi beruhigte sich etwas, blieb aber wachsam.
Als sie den Netzstecker zog und ihn dann irgendwie suchend in der Hand hielt, war es mit meiner Beherrschung vorbei.
Ich pruschte los. Das Lachen brach aus mir heraus wie ein Vulkan seine Lava ausspuckt.
Unaufhaltsam. Bis zum krampfhaften Lachen. Ich konnte es nicht unterbinden.

Ich lachte allein! Das war es! Schatzi guckte mich irritiert an. Langsam verzogen sich ihre Gesichtszüge. Jetzt sah sie fast böse aus während ich mit den Tränen kämpfte.
Es dauerte lange, bis ich wieder durchatmen konnte.

„Und was, bitte, was ist so lächerlich an mir?" Schatzi guckte jetzt fast drohend.
Meine Mundwinkel zuckten und auch mein Zwerchfell.
"Ruhig!" befahl ich ihnen. Mich rief ich auch gleich zur Ordnung.
„Nichts ist lustig an dir" entschuldigte ich mich. An dir war noch nie etwas lustig, Schatzi" legte ich nach.
Schatzi hielt den Mund offen.
Sprachlos! Wollte sie jetzt ausrasten oder war sie sprachlos vor Glück. Ich gebe mir immer Mühe ihr etwas Nettes zu sagen, aber heute habe ich mich wohl übertroffen. So sprachlos hatte ich Schatzi noch nie gesehen.
Sie legte den Heizgürtel ab. Dann packte sie ihn ordentlich wieder ein.
Ich guckte stumm zu. Kam da noch etwas? Etwas misstrauisch war ich schon. Nichts passierte.

Jetzt erinnerte ich, nur so zur Ablenkung, Schatzi daran dass wir noch einkaufen gehen wollten.
„Kannst allein gehen. Hab' keine Lust."
Oh, da saß wohl ein kleiner Dorn in Schatzi's Gemüt.

„Ach, komm' bitte mit. Ich mag nicht allein gehen."
„Warum das denn? Kannst doch auch mal alleine gehen".
„Ach nein. Bitte komm' mit. Ich bekomme sonst unterwegs von Nachbarn und von der netten Kassiererin so viele Fragen, wo denn mein Schatzi ist. Die kann ich einfach nicht beantworten. Das nervt ohne Ende. Letztens fragte man mich doch. "Hast du dein Schatzi so geärgert, dass du jetzt immer alleine durch die Gegend ziehen musst? So etwas will ich einfach nicht mehr."
Schatzi ließ sich erweichen. So ist Schatzi eben. Sie hält zu mir.

Wir trabten also los. Der übliche Einkaufszettel war abzuarbeiten.
Bis zum Fleischstand ging ja auch alles gut. Netter Gruß nach links. Kleines Kopfnicken nach rechts. Wir hatten schon fast alles zusammen. Niemand fragte uns etwas.
Ich drückte sanft Schatzis Hand.
„Ist das nicht schön mit uns?"
Schatzi nickte, guckte aber immer noch etwas abwartend.

Die Überraschung kam als Bernie und Claudia auftauchten. Die Damen hatten sich lange nicht gesehen. Wir Männer standen nicht nur etwas abseits, wir standen im Abseits. Fehlte nur noch ein Pfiff. Oder hatte man uns vergessen?
Es sah wie gestellt aus, was gerade mit uns passierte.
Bernie fand endlich seine Sprache:
„Weißt du, wo es hier Batterien gibt?"
Aus! Es war aus mit mir!
Ich prustete, klatschte mir auf die Schenkel und gab so richtig den Clown im Supermarkt.
Bernie rückte mich wieder zurecht, als er mir einen kräftigen Knuff ins Kreuz gab.
Au!
Der Lachanfall war vorbei.
„Was ist an Batterien so lustig?"
Zögernd erzählte ich von dem gelieferten Heizgürtel.
„Ja und?"

„Ach Bernie. Du verstehst aber rein gar nichts. Als Schatzi so dastand mit dem Gürtel um den Hüften und dem Netzstecker in der Hand hatte ich so ein Bild im Kopf."

„Und?" Bernie platzte fast. Ich wartete noch etwas. Dann malte ich ihm mein Bild.
„Schatzi hat den Gürtel um. Dann stecke ich den Stecker in die Steckdose und ihr Rücken wird warm. Klar?"
„Klar. Ginge bei mir auch".
„Und jetzt nehme ich den Stecker ganz weg und hänge einen Satz Batterien an. Was passiert?"
Bernie guckte etwas blöd und lachte laut los. Sogar unsere Damen waren abgelenkt.
„Dann klatscht dein Schatzi die Pfannen aneinander so wie die Batterie-Hasen in der Werbung". Bernie kriegte sich nicht mehr ein.
Ich hatte auch wieder meine Probleme konnte mich aber noch beherrschen.
„Das kannst du aber noch verfeinern", schlug Bernie vor.
„Du schreibst noch ein Programm für „Waschen und Kochen" und dann kannst du dein Schatzi über den Joystick steuern."

Ach Bernie. Wir sollten uns jetzt öfter sehen. Es ist schön, von einem Mann verstanden zu werden.
•

Schatz liebst du mich?

Mein Marmeladenbrötchen klatschte in den Kaffee. Ich erstarrte.
Was war passiert? Übert 50 Jahre verheiratet, zwei Kinder und ein Enkelkind aufgezogen, immer den Mülleimer runter gebracht, Wäsche aufgehängt.
Ich schluckte. Mein ganzes Leben zog an mir vorbei. Wie viel Gutes hatte ich ihr angetan? Wer hatte sie denn genervt, endlich den Führerschein zu machen? Unser Dorfsherriff guckte nämlich nicht immer freundlich, wenn er mein Auto vor der Kneipe stehen sah.
Ich war ihr Förderer, wenn es darum ging, neue Küchengeräte anzuschaffen, weil ich gelesen hatte, dass Hausarbeit schwer sein soll. In den Boutiquen war ich immer gern gesehen. Ein Tässchen Kaffee und den Prosecco nahm ich ohne Klagen. Sie durfte ihren Einkauf und mich nach Hause fahren.

Ich will nicht erscheinen, als wenn ich nun der beste Ehemann bin. Etwas Selbstkritik schadet nichts. Wusste schließlich schon Wilhelm Busch. Man soll immer das Gute im Menschen sehen.
Während ich angestrengt eine Formulierung suchte, tastete meine Hand in der Hosentasche herum. "Verdammt", immer wenn man etwas dringend braucht, findet man es nicht. Ich hatte auf meinem MP^3-Player schon vor langer Zeit eine Antwort auf die Frage aller Fragen auf gesprochen. Die Spannung wurde unerträglich. Sie guckte mich immer noch an.
„Äh, Mausi" murmelte ich
„Ich habe da mal was für dich"
Ich reichte ihr den Player. Sie hörte sich meine Ergüsse an.
„Hast du gut abgelesen, aber das ist wirklich nett von dir, dass du schon lange vorher an mich gedacht hast".
Sie strahlte mich an und knabberte weiter an ihrem Brötchen.

Ich guckte verstört auf mein ertrunkenes Brötchen. Was war plötzlich los? Bereits die „Goldene" und dann solche Frage.
Ich weiß noch genau, dass ich ihr diese Frage schon einmal beantwortet hatte. Damals, als wir im Hausflur knutschten. Ich war gerade dabei meine Finger in ihrem Höschen auf Wanderschaft zu schicken, als sie an meinem Hals hängend flüsternd fragte: „Liebst du mich?" „Ja" knurrte ich gestört zurück. Mal ehrlich ein Mann ein Wort. Ich stehe zu meinem Wort. Auch nach über 50 Jahren. Wozu also immer wieder solche Fragen?

•

Schatzi, der Müll muss runter

Wir gehen täglich einkaufen. Ist besser für die Haushaltskasse. Und für das Verkaufspersonal. Wir sorgen für Vollbeschäftigung.
So werden wir täglich an der Kasse gesehen und sind somit „Kunden". Oft hören wir nun statt „Hallo" ein „Guten Morgen". Die Kassiererin lächelt und strahlend ziehen wir mit unserem Einkauf von dannen.
Einkaufen ist also eine angenehme Angelegenheit für uns. Aber der Einkauf könnte viel billiger sein, wenn da der Abfall nicht wäre. Den kaufen wir nämlich immer gleich mit.
Wie in deutschen Haushalten üblich kommt der in die Mülleimer. Getrennt! Sag' ich lieber gleich, ehe hier jemand das Schlimmste annimmt.
Die Diskussion ob wir nun Abfälle oder Müll zur Tonne bringen hatten wir zum Glück noch nicht. Schatzi und ich kommen aus derselben Dialektzone.
Bisher brachte mein Schatzi immer die Abfälle weg. Das war für mich bequem, weil ich nicht vom Computer weg musste. Außerdem war es auch der Wichtigkeit der jeweiligen Tätigkeiten angemessen. Ich redete mit der internetten Welt, während Schatzi in der Küche Gutes vom Schlechten trennte.
Schnell setzte sie noch das Essen auf kleine Flamme (wir gehören zur Gasfraktion) griff sich den Müll und mit den Schlüsseln klappernd rief sie in mein PC-Zimmer: „Schatzi, ich bringe schnell mal den Müll runter – guck bitte nach dem Essen".
„Jaaha!"
Texas auf dem Bildschirm und Tirol im Radio dachte ich natürlich nicht an mein Schatzi. Und damit auch nicht an die Küche. Bis der durch die Wohnung ziehende Geruch abscheulich wurde. Flink bei meinen allerliebsten Chatterinnen ein "afk" hinterlassen und ab in die Küche.

Ich erspare euch, das Aussehen unseres Mittagsessens zu schildern. Jeder hat das schon einmal gesehen. Besonders die Männer unter uns.
„Schatzi, heute ist etwas Röstaroma im Essen. Stört dich doch nicht?"
Männer hätten den ganzen Topf in den Müll befördert und wären zur Pizzabude gelaufen. Frauen sind da ganz anders. Männer sind eben Feinschmecker.
Aber wieder zum Thema: Schnell das Gas abdrehen, die Wohnungstür und die Fenster öffnen und zurück zum PC.
„Hallo Texas!"
„Was riecht denn hier so komisch. Hast du das Essen anbrennen lassen? Das riecht man doch im ganzen Haus. Ich sprach gerade mit Frau Schnittchen. Die hat 'ne neue Tagesdecke auf ihrem Bett. Habe mir die mal kurz angesehen. Frau Röse findet sie auch gut. Nur Frau Nichter hatte wie immer zu meckern. Du hättest wirklich mal nach dem Essen sehen können. Nun musst du essen, wie es geworden ist. Aber nur immer deine Miezen aus dem Internet im Kopf. Schreibe lieber mal was Vernünftiges, dann hätten wir eine Köchin und ich müsste nicht immer den Spagat zwischen Essen kochen, Konversation mit Nachbarn's und Müll wegbringen veranstalten. Außerdem könnte ich dann auch mal am Essen 'rum meckern."
Die restlichen 15 Minuten Monolog schreibe ich hier nicht.
Schatzi war sauer. Ich merke so etwas. Schließlich sind wir schon Jahrzehnte verheiratet. Und wenn sie über den Müll meckert, ist etwas im Busch.
Ich lächelte sie entschuldigend an: „Ab Morgen bringe ich den Müll runter!" Dazu ein Küsschen auf die Wange.
Mit leicht feuchten Augen drückte sie meinen Arm: „Das Du das tun willst ist einfach schön. Ich habe damals wohl doch die richtige Wahl mit dir getroffen.
Mama wollte ja immer einen Doktor für mich. Aber ich kann mir nicht vorstellen, dass ein Doktor den Müll wegbringt.
"Ach Schatzi", juchzte sie. Ich bekam einen dicken Schmatz.
So einfach ist Konfliktbewältigung in der Ehe.

Ich habe mein Wort gehalten. Täglich bringe ich die Abfälle weg. Nun kenne ich auch de Tagesdecke von Frau Schnittchen. Übrigens ein heißes Schnittchen – äh Deckchen. Und ich bin nicht allein. Andere Männer haben sich meine Aktion zu Eigen gemacht. So lerne ich auf unseren täglichen „Mülltreffen" auch die Hobbykeller der Müllmänner oder deren neuen Autos mit den vielen Extras kennen. Konversation unter Männern.
Nie wieder angebranntes Essen. Pünktlich zur Essenszeit sind wir wieder in der heimischen Küche. Schatzi kocht wirklich gut, wenn sie nicht abgelenkt wird.

•

Schatzi fährt Huschbahn

Am Fenster unseres Zuges flitzen die Telegrafenmasten vorbei. In der Ferne kommen und entfernen sich Dörfer. Am Zugfenster unseres Zuges ist sekündlich etwas los.
Unser Zug hält. Eine Mutti hebt einen Kinderwagen in den Zug. Schatzi und ich sehen uns an: Warum läuft das Kind nicht allein? Laufen Kleinkinder nicht mehr? Alt genug war der Kleine jedenfalls.
Wir sitzen natürlich "Fensterplatz". Das ist ein Muss. Wenn wir uns gegenüber sitzen lernen wir schließlich nie neue Gesichter kennen.
Natürlich rutschten wir zusammen, Damit der Kleine mehr Platz hatte. Der Kleine musterte uns ausführlich. Schatzi kann Kinderaugen nie widerstehen.
Mami reichte das Fläschchen, Mami wischte den Mund ab, Mami bat zum 22. Mal auf richtiges Sitzen.
Mami hatte richtig viel zu tun. Jeden Bahnhof weiter hatte der Kleine einen neuen Wunsch. Dann noch 134 Fragen zu den Dingen, die draußen vorüber sausten. Schatzi und ich guckten stumm zu. Hatten wir mit unseren auch soviel Stress?
Mami griff in die endlos tiefe Reisetasche aus der sie schon vorher wundersame Dinge zutage gefördert hatte und holte ein hübsches, kleines Holzspielzeug heraus. Eine Lokomotive und zwei Wagen. Nicht ein Klecks Farbe war daran. Das frische Holz strahlte Wohlbehagen aus.
Der Kleine griff sofort danach und koppelte die Wagen an die Lokomotive.

„Brrrrm, brrrm, brrrm". Der Zug sauste wie ein Rennwagen über die Tischplatte vor uns.
Ab und zu hupte die Lok kräftig, ehe sie wieder mit Höchstgeschwindigkeit über den Tisch sauste.
Plötzlich ein Notstopp!
Schatzi hatte ihre Hand vor die Lok gehalten. Der Kleine guckte Schatzi erwartungsvoll von schräg unten an.

Schatzi übernahm jetzt die Initiative und die Lokomotive.
„Sch, sch, sch, tuuuuut, sch, sch, tuuut!"
Der Zug fuhr langsam. Hielt vor jeder Hand oder jedem Körnerriegel: "Tuuut".
Erst wenn das Hindernis aus dem Weg geräumt war, meist durch Aufessen, setzte sich der Zug wieder in Bewegung.
Der Kleine griff jetzt aber hastig nach der Holzlok. Er wollte auch mit dem Zug fahren.
Mami guckte entspannt aus dem Fenster. Scheinbar uninteressiert kümmerte sie sich nicht um unser Treiben.
„Sch, sch, sch, tuuuuut, sch, sch, tuuut!"

Das klappte. Jeder Kurve und jedes Hindernis war ein lautes „Tuuuut" wert.
Viele Stationen waren emsiger Zugverkehr auf der Tischplatte vor uns.
„Weißt du, dass früher die Lokomotiven mit Dampf fuhren und keinen Motor hatten?"
Mit diesem Satz versuchte ich mich aus dem Abseits zu befreien.
Der Kleine guckte schräg: „Tuuuuut".
„Die Autos machen "Brrrrm, brrrm, brrrm", aber eine Lokomotive machte "Sch, sch, tuuuut". Deshalb sagte meine Mutti immer zu mir das heißt Huschbahn".

Mami guckte mich nun auch schräg an.
Ich dachte mir meinen Teil. Was verstehen Mädchen schon von Eisenbahnen.
Der Kleine stieg vor uns aus. Er umklammerte seine kleine Holzlok und sah richtig fröhlich aus. Schatzi hatte rote Wangen.

•

Schatzi, fühlst du dich gleichberechtigt?

„Wieso?"
„Na, sag doch mal. Wie ist das nun bei uns mit der Gleichberechtigung?"
„Schreibst du dann gleich wieder drüber?"
„Vielleicht. Ich muss ja erst wissen, was du antwortet"
„Wenn ich also sage, ich wäre gleichberechtigt schreibst du gleich großspurig, dass dein Schatzi schon immer gleichberechtigt ist.
Sage ich du bist der Macho in Person dann erfährt die Welt nichts davon?"
Jetzt formuliere ich meine Fragestellung neu.

-

Schatzi, komm endlich

Das nenne ich eindeutig. Und dieses Mal sagte sie es mir am heller lichten Tag.
„Mach endlich deine Kiste aus und komm auf die Couch. Wir könnten auch mal zusammen fernsehen."
Klare Ansage. Ich war stolz auf meine Erziehungserfolge.
„Nur noch Nachrichten und dann kommt „Die Tierarzte".

Wirtschaftskrise, Bankenkrise, Globale Erwärmung. Richtig erwärmen konnte ich mich nicht für ein Thema.
Die Großkopfeten marschierten auf. Dunkler Anzug, linke Hand in der Hosentasche.
„Vor der Wahl tragen sie Hellgrau – sind sie im Amt tragen sie Dunkel. Sagt das was aus?"

Mein Zuckerschnäuzchen nun wieder. Immer denkt sie mit. Stolz rückte ich dichter an sie. Fernsehen kann kuschelig sein. Kann!
Wenn da nicht so impertinente Fragen von Ehefrauen wären.
„Mal im Vertrauen, Schatzi. Warum haben die Männer, jedenfalls die da oben, immer eine Hand in der Tasche. Und dann fast immer die Linke?"
„Frauen machen das nie" klang es dringlicher.
„Du bist doch ein Mann. So was musst du wissen."

Schweigen half wohl nicht. Schon gar nicht, wenn es um meine Männlichkeit geht.
Die Wissbegierde von Ehefrauen ist unendlich.
Ich musste einfach antworten. Natürlich einfach!

„Die Frauen haben so kleine Taschen in den Hosenanzügen, da passt nicht mal ein Taschentuch rein. Und früher trugen die Männer in der Wirtschaft und in der Politik „Schwalbenschwänze" und Zylinder.
Kannst du dir unsere „Mutter der Nation" mit Zylinder

vorstellen?"
Stolz lehnte ich mich zurück. „Tja, siehste Mäuschen nun biste platt. Mit der Antwort haste wohl nicht gerechnet" Ich grinste innerlich.
„Jaaa aber. Warum haben die nun immer eine Hand in der Hosentasche" riss mich Schatzi aus meinen Gedanken.
Ich war immer stolzgeschwellt wenn ich meinem Goldstück etwas erklären konnte. Ich verwendete Stunde um Stunde ihr Dinge unseres Universums zu erklären, die ihr nicht sofort einleuchteten. Das hier war aber etwas Anderes.
Das war so hinterlistig. Hier ging es um die letzten Geheimnisse des Phänomens Mann.

Die Frauen kennen jetzt sogar unsere Gene. Jetzt wollen sie ALLES wissen!
Aber da stand immer noch diese Frage im Raum: Warum haben die die linke Hand in der Tasche?
„Ich versuche dir das mal einem Beispiel zu erklären" fing ich leise an.
„Als ich damals klein war trug ich auch schon Hosen. Kurze Hosen, selbstverständlich. Die langen Hosen waren für Emanzen, Trümmerfrauen, Straßenbahnfahrerinnen und große Jungen.
Wie jeder Junge hatte ich jede Menge Krempel in den Taschen. Wenn Mutti mich sah, wie ich mit der Hand in der Hosentasche vor ihr stand mahnte sie immer: „Junge man spielt nicht mit dem Pillermann!"
„Mach' ich doch gar nicht" regte ich mich auf.
„Zeig mal deine Hand"
Ich zeigte ihr eine Hand in der in der ich meine Murmeln hatte.
„Nee, die Andere" Mutti ließ nicht locker.
Diese Hand kam leer zum Vorschein. Ich hasste diese Prozedur. Deshalb hatte ich fortan in der anderen Tasche ein Taschenmesser.
„Spielen so alte Männer noch mit Murmeln?"
Mein Goldstück sinnierte leise vor sich hin.

•

> *ANZEIGE*
>
> Nichts muss der neue, aufstrebende Politiker/Industrielle mehr selbst tun. Sehen wir vom Reden ab, ist bereits das alles die Aufgabe der regen Geister hinter ihm. Jetzt hat die Modeindustrie das erkannt. Mit dem Modell „Leftplayer" steigt jetzt eine junge Designerfirma ein um diese Klientel mit der richtigen Oberbekleidung zu versehen.
> „Der fein gestreifte" wird jetzt angeboten
> Der linke Ärmel steckt bereits in der Hosentasche. Auf Nachfragen betreffs der Gleichstellung von aufstrebenden Frauen kam per Mail die Antwort, dass daran bisher noch nicht gedacht wurde, aber man wird den Trend aufmerksam verfolgen. Als Ausweichmöglichkeit kann die interessierte Frau Herrenhosen tragen, wie es bereits bei den Jeans eingebürgert ist.

Das ist wirklich innovativ. Gratulation!
-

Schatzi ist untröstlich

Etwas Ruhe tut gut.
Besonders für uns, die wir schon Jahrzehnte zusammenleben.
Auf Gedeih oder Verderb oder wie die Floskel es sagt: „Bis das der Tod uns scheidet!"
Ja, das wäre endlose Ruhe. Finde ich auch langweilig. Nur Ruhen? Kein Herzpochen, keine Aufregung mehr, wenn mein Schatzi mich mit Aufmerksamkeiten aus meiner Schläfrigkeit wecken will? Langweilig!

Wie gestern gerade wieder.
Mich hatte doch tatsächlich eine gewisse Schläfrigkeit erwischt. An meinen Augenlidern hingen Gewichte. Alle Glieder waren schon eingeschlafen, nur meine Ohren schienen noch wach zu sein.
„Du hast Ohren wie ein Luchs, nur die Puschel fehlen noch!" schätzten schon viele Menschen ein, die über mich redeten. Aber diese hellhörigen Ohren funktionierten auch wie ein Sieb. In mir klingen noch die Lobgesänge nach, die eben diese Ohren vernahmen.

Nun hallte es gerade wieder in meinen Ohren nach: „Schahaatz, ehe du hier mit dem Schnarchen beginnst und meine Mittags-Fernsehsendung zersägst, könntest du doch mal unsere Papierabfälle zum Container bringen. Morgen wird der wieder abgeholt und es fehlen der Wirtschaft wertvolle Rohstoffe, wenn wir sie nur in der Wohnung lagern!"

Langsam glitt der Schall von Schatzis Stimme durch alle Gänge, Winkel, über Hammer und Amboss und weitere Transmitter bis in mein Gehirn.
Und es klappte wieder, wie immer. Der Schmelz ihrer Stimme brachte meine Motorik wieder in Gang. Ich seufzte nur noch etwas und dann war ich bereit meine Ruhephase

zu beenden.
Ich habe hier nur ausnahmsweise einmal etwas pseudowissenschaftlich erklärt, wie wichtig zwischenmenschliche Kommunikation ist.
Sie bewegt!

Ich bewegte mich jetzt auch. Papiersack geschultert, fünf Etagen abwärts und mit vollem Schwung wieder einmal die Wirtschaft angekurbelt. Papiersack hin oder her. Ich bin noch kein „Alter Sack", und schaffe natürlich die fünf Etagen aufwärts auch noch.

Die Begrüßung von Schatzi verhallte irgendwie zwischen meinen Ohren. Da war wohl etwas von „Knappe Puste" und „Früher war alles anders".
Meine Filter im Ohr funktionierten. Oder sollte Mama damals recht gehabt haben?
„Du hast doch einfach nichts in deinem Schädel!" Ich sollte mal darüber nachdenken. Und wie kann das stimmen, wenn andere sagten: „Du bist ein heller Kopf!" Ist das jetzt ein inneres Strahlen oder scheint da die Sonne durch?
Im Fernsehen liefen Werbefilmchen. Uns wurden Tinkturen und Wässerchen empfohlen, die unaussprechliche Namen haben und so wirkungsvoll sind, dass sie das Alter ausbremsen. Genial! Nehme ich diese Ingredienzien innerlich und äußerlich bleibe ich 75 Jahre alt.
Da muss ich mal über die Folgen nachdenken: Rentenkasse? Die wird geplündert!
Die Nachbarn? Die werden immer jünger, weil die jetzigen Nachbarn diese schönen Mittelchen nicht genommen hatten.
Meine besten Freunde? Da heißt es bald Abschied nehmen.
Äh - die besten Freundinnen? Das lasse ich mal offen!
Und Schatzi???

Da stimmt doch etwas nicht. Ich verharre im Stillstand und um mich herum geht es weiter? Stillstand ist Fortschritt?
Die Werbung verwirrt mich.

„Wenn ich mit 30 Jahren schon gewusst hätte wie krank ich damals war, hätte ich bestimmt nicht mein biblisches Alter erreicht. Da komme ich mir doch noch jünger vor, als ich bin. Was jetzt alles krank macht habe ich damals mit großem Appetit verzehrt. Und es schmeckte mir.
Sport soll ich heute machen? Seit ich 20 bin ist für mich der Sport Mord.
Wie konnte ich unsere Kinder nur so vernachlässigen? Sie gingen in den Kindergarten und mussten einen Beruf erlernen. Als sie noch Windeln trugen waren diese aus Stoff und verstopften nicht die Abflüsse und Mülltonnen. Böse Mama, böser Papa!
Ich gab ihnen Süßigkeiten, wenn wir Geld dafür hatten. Kein Babyschwimmen, kein Babyturnen, kein Umhergefahre im Kinderwagen im Alter von 3 Jahren! Rabenmama, Rabenpapa!
"Schatz du musst mich trösten!"
„Aber ja, Schatzi! Ich werde dir ein Eis servieren. Schön mit Obst und Schlagsahne!"
„Um Himmelswillen, willst du mich umbringen?
Eis: Zucker, Sahne, Farbstoffe = Karies!
Sahne: Fett = Dick macht krank und verkürzt mein Leben.
Hast du schon eine Neue?
Obst: Schon wieder Zucker! Wie gehst du mit meiner Gesundheit um?"
„Ach Schatzi, ich meine es doch nur gut mit dir."
Ich musste wieder Ruhe in mein aufgewühltes Schatzilein bringen.
„Sieh mal, du hast schon tonnenweise Zucker zu dir genommen und was ist passiert?"
„Ja, ja fang' mal damit an. Damals, als wir uns kennen lernten trug ich noch eine schwache 38 und heute?"
„Heute bist du mein Schatzi, basta! Auch mit 38plus"

Schatzi lächelte etwas gequält.
„Aber jetzt muss ich immer, nach jedem Happen, die Zähne putzen. Das war früher anders. Mein Chef hätte mich gefeuert, wenn ich das getan hätte. Der guckte schon schief

bei jeder Pullerpause, die ich machte. Dabei hätte ich sonst niemals soviel Neues aus der Firma gewusst, wenn es diesen regen Gedankenaustausch auf dem Örtchen nicht gegeben hätte."

Schatzi war immer noch etwas aufgewühlt.
Ich nahm einen zweiten Anlauf um mein Schatzi zu beruhigen: „Schatzi, wenn es dich so sehr stresst, das mit dem Zähneputzen kann ich das doch für dich machen. Immer, wenn wir mit dem Essen oder sonstigen Häppchen fertig sind gibst du mir deine Zähne und ich putze sie dir eins, zwei drei ..."
„Au!" Schatzi hatte mich schmerzhaft ermahnt.
Jetzt versuchte ich es mit einem Kalauer: „Schatzi, ich konnte die ganze Nacht nicht schlafen, weil mir die Zähne weh taten" sagte der Ehemann. Worauf sie antwortet: „Da habe ich es besser, ich schlafe schon lange getrennt!"
„Aua!"
Schatzi ist heute wirklich untröstlich.

•

Schatzi trifft Entscheidungen

Brille oder Faltencreme?

"Schatz, fädelst du mir bitte den Faden ein?"
"Schatz, wohin habe ich meinen Ohrring gelegt?"
"Schatz, liest du mir bitte unauffällig die Speisenkarte vor?"
"Schatz, du bezahlst doch bitte? Du weißt doch, das Kleingeld ist nicht so meine Sache!"

Das ist mein Alltag mit Schatzi.
Ganz süß. Eigentlich.
Ich bin ihr Ritter in jeder Situation.
Ich bin ihr unentbehrlicher Helfer. Ich kenne das Kleingedruckte auf den Verpackungen und den Versicherungspolicen. Ich kann sogar beeinflussen wie viel Fett und Zucker sie täglich zu sich nimmt.

Das tue ich natürlich nicht. Hat auch keinen Zweck. Auf allen Schokoladentafeln ist die Schrift so groß und oft sogar geprägt, dass sie jeder blinde Mensch erfühlt und „Blindschleichen" sie auch lesen können.

Das alles kann mich nicht so deprimieren, wie die Ahnung, dass Schatzi bald die „App" für ihr Smartphone entdeckt, die solche Dinge kann. Es gibt sie bereits in den Anfängen, aber sie sind noch keine Gefahr für meine Ritterlichkeit.
Nur Suse kann mich in meinen Grundfesten erschüttern. Nur Suse ist in der Lage meinem Schatzi die lieben, kleinen Bitten an mich abzugewöhnen.
Wo bleibe ich da?
Einsam mit meinem Wissen und Fertigkeiten! An die Seite geschoben von Tipps einer Freundin, die überhaupt nicht an das Wohl der Beziehung von Schatz und Schatzi denkt. Ich werde der Verlassenheit, der Traurigkeit, den Depressionen übergeben. Ich werde in Selbstmitleid versinken!
Alles nur wegen Suse! Suse ist die „Demolotion-Women".

Ich werde sie von meiner Hitliste streichen. Ich werde sie verdammen!
„Nieder mit Suse!" werde ich an mein Revers heften. Die Susi gehörte schon fast zur Familie. Immer kam sie meinem Schatzi zu Hilfe. Immer hörte sie sich die Beschwerden über mich an, weil ich mich taub stellte. Und immer hatte sie einen lustigen Spruch für mich, der mir meine Nutzlosigkeit in dieser Welt vor Augen führte. Der häufigste störte mich schon lange nicht mehr in meiner Lieblingsbeschäftigung: „Na, du fauler Sack! Wenn ich solchen Assi wie dich zuhause hätte, dem würde ich aber Beine machen!"
Ich grinste dann, wie immer, und wiederholte auch meinen Standardsatz: „Deine Erziehungsversuche an deinen vier Kerlen waren schließlich auch umsonst. Heute wärst du schon zufrieden wenn ein Kerl in deinem Bett läge, auch wenn er nur noch röchelt!"

Unverkennbar. Es herrschte eine gewisse Vertrautheit zwischen mir und Susi. Wir hielten nichts von Geheimnissen.
Aber vor einigen Wochen war das Maß voll. Eigentlich schon übergelaufen. Sie hatte es wirklich gewagt meinem Schatzi die grausame Wahrheit über ihr Sehvermögen zu sagen.

"Du solltest dir mal eine Brille anschaffen!"

Also echt Hammer, so ein Satz. Der schlug doch jedem Fass den Boden ins Gesicht ... oder so ähnlich.
Mich erfasste fast ein Sog, der mir den Boden unter den Füßen nahm.
Und warum das alles? Nur weil mein Schatzi sich aus Versehen nur mal kurz auf Susis Hundchen setzte. Diese verdammte Trethupe. Nicht größer als eine Klutsch. Hat die Susi einen an der Klatsche?
Dieses Untier! Nicht der Staubwedel, die Susi!

Was jetzt folgte war die Hölle.

Besser noch: Es ist die Hölle!
Es begann schrittweise, schleichend. Und das beim Optiker des Vertrauens.

Sehtest und die erschrockene Feststellung des Optikers: "Was denn liebe Frau, damit kommen Sie erst jetzt?"
Den Seitenblick zu mir deute ich mit: "Kein Wunder, dass Sie diesen Mann an ihrer Seite haben".
Zum Glück hielt er an dieser Stelle den Mund. Meine Faust in der Hosentasche lockerte sich wieder.

Der nächste Schritt kam als Brille.
"Schickes Gestell" sagte ich lächelnd zu meinem Schatzi.
"Fast wie deins". Schatzi lächelte. Da hatte Schatzi die Brille aber noch nicht auf der Nase.

"Dann wollen wir mal sehen ob alles in Ordnung ist" meinte der Optiker und setzte meinem Schatzi die Brille vorsichtig auf.
Jetzt lächelte Schatzi zu mir. Einige Sekunden. Dann entglitt ihr das Lächeln und dunkle Wolken zogen über ihr Gesicht: "Sag mal Schatz, solltest du dich heute nicht rasieren?"
Oops. Ein verlegenes Lächeln auf meinen Lippen hinderte Schatzi aber nicht, noch weitere Nachteile in meinem Gesicht zu entdecken. Ich verzog mich in Richtung Ausgang.
Schatzi lächelte nun ihrem Spiegelbild zu.

Während sie bezahlte huschte ich leise aus dem Geschäft.
Schatzis Stimme, hinter mir, weckte mich wieder aus meinen Träumen: "Jetzt gehen wir erst einmal einen Rasierapparat für dich kaufen!"
Sagt's und hakte sich bei mir ein. Gewissermaßen "Abschleppdienst".

"Heute ist aber schönes Wetter. Und die kleinen Federwölkchen und ... " Schatzi erkundete die Farben der Welt. Ich ließ mich zum Kaufhaus schleppen.

Schweigend trotte ich meiner Sehenden hinterher. Wortlos bis ins Detail. Nicht mal mein unergründliches Knurren gab ich von mir. Das setzte ich nämlich immer ein, wenn ich keine Meinung äußern wollte. Es ist männlich auch dazu da auf bohrende Fragen einfach nicht zu antworten. Nur ein undefinierbares Knurren noch und das Gegenüber beginnt mit Argumenten zu ergründen warum dieses Knurren. Hier sei es gesagt: Es ist Evolution, Erbe aus der Zeit vor dieser Frau, vor jeder Frau. Bestandteil aus einer Epoche, als das weibliche Wesen noch am Knurren erkennen musste ob es dem männlichen Wesen gut geht.

Entschuldigung. Das war nur eine simple Erklärung des typischen Männerphänomens, welches Frauen zur Weißglut bringt. Nutzt nichts, liebe Frauen, das sind nur Erbanlagen, die den Mann vor Überlastung schützt. Drei Fragen in einem Satz sind nämlich zu viel.

Endlich zuhause.
Ich musste natürlich den neuen Rasierapparat sofort ausprobieren. Als Lob für das nervende Motorgeräusch schnurrte Schatzi wie ein Kätzchen, als sie das Ergebnis mit ihren sanften Lippen erforschte.

Ach ja. Das Leben könnte so schön sein, sinnierte ich noch, als ein lauter spitzer Aufschrei meine innere Ruhe zerstörte.

„Schatzi, komm sofort hierher!" Das kam vom Frisiertisch im Ankleidezimmer. Ich sammelte mich schnell und flitzte zu Schatzi. Aber was empfing mich?

„Du gottloser Lügner, du Ausgeburt der Hölle, du hirnloser... äh" Schatzi hustete. So kam ich um die nackte Wahrheit herum, die sie mir entgegenschleudern wollte.

„Ja, Schatzi, aber was ist es, was dich so erzürnt?" Ich flüsterte fast. Meine Stimme sollte wie ein leichter säuselnder Frühlingswind klingen, aber ein leichtes winterliches Kratzen verhinderte die beruhigende Wirkung, die ich erzielen wollte.

„Wie lange wolltest du mich noch so herumlaufen lassen?" tippte sich Schatzi zwischen die Augen.

„Aber Schatzilein. Es ist das erste Mal, dass du mir einen Vogel zeigst. Das tastest du noch nie. Ist etwas Schlimmes passiert?"

Meine Stimme vibrierte jetzt etwas. Wie konnte ich nur herausbekommen, was heute mit Schatzi los ist?

Schatzi tippte sich schon wieder an die Stirn: „Komm sofort her und erkläre mir was das hier zwischen meinen Augen ist!"
Ich rückte vorsichtig näher.
„Schatzilein. Reg' dich bitte nicht auf, das ist eine leichte Zornesfalte."
„Zornesfalte?"

„Das ist ein tiefer Graben in meinem Gesicht. So tief, dass niemals die Sonne ihn erhellen wird. Sofort sagst du mir, was du dagegen tun willst. Ewig hast du mir diesen Graben verschwiegen. Hast mich unwissend gelassen. Wenn Suse nicht gewesen wäre ..."

Ja, wenn Suse nicht gewesen wäre. Ich verfluchte sie noch einmal ausgiebig und überlegte kurz, ob ich Voodoo anwenden sollte. Aber mir taten doch die kleinen süßen Stoffpüppchen leid, die ich abstechen müsste. Ich bin zu zart für so etwas.

Jetzt griff ich zur Tat und zur Brille. Schatzi wehrte sich fast gar nicht.

„Und? Was siehst du? Bist du nicht die schönste Frau weit und breit?" wies ich auf Schatzis Spiegelbild.
Schatzi musste jetzt doch ein wenig grinsen.

„Ach du bist doch der Beste. Auch wenn ich dich heute beinahe umgebracht hätte."
„Kauf die doch eine leichte Faltencrem" schlug ich mutig vor.
„Anti-Faltencreme" korrigierte mich Schatzi leicht lächelnd. Es sollen doch nicht noch mehr Falten werden. Oder? Soll mein Gesicht aussehen, wie ein tertiäres Faltengebirge?"
Gegen ihre Geologie Kenntnisse kam ich nicht an. Wir verkehrten sonst immer nur biologisch.
Es endete jedenfalls mit einem Kompromiss.
Tagsüber sah mein Schatzi niemals in den Spiegel.

Die Rechnungen über Kosmetika erreichten Summen, die weit über die Summen, die für Nahrungsbeschaffung hinausgingen.

Ich riet nach drei Jahren meinem Schatzi zu keiner neuen Brille, obwohl der Optiker uns dringend erwartete.

Und Susi?
Susi stand auf meiner „Ignoreliste".
Kein Wort verschwendete ich an sie.
Und ihr süßes Hundilein?

Den fütterte ich heimlich mit vielen Leckerlis. Bellte mit ihm um die Wette, benutzte ihn aber nie zum Staubwischen, obwohl ich es beinahe getan hätte, so gut lag er mir in der Hand.

Susis Besuche wurden seltener. „Wo man meinen Liebling nicht mag, da gehe ich auch nicht gern hin" sagte sie mit Blickrichtung zu mir.
Schade. Ich hatte mich so gut mit diesem Muff unterhalten, den sie Hundilein nannte.
•

Schatzi kommt heute zurück

Mit Schatzi und mir geht das schon lange.
Verliebt, verlobt, verheiratet ging das mit uns ganz schnell.
Kinder, Kinder – das dauerte auch nicht lange.
Und jetzt?
Jetzt kommt Schatzi zurück. Schatzi war verreist.
Wie lange? Viel zu lange. Für mich jedenfalls. Wie lange es für Schatzi war, kann nur sie sagen. Ich werde sie fragen. Gleich, wenn ich sie wiedersehe.
„Mach die Bude sauber, wenn ich wieder komme" waren ihre letzten Worte ehe sie mit ihrem Rollköfferchen meinen Augen entschwand.

Natürlich antwortete ich, wie jeder Mann in dieser Situation: „Mach' dir keine Sorgen, Schatzi. Alles läuft wie besprochen. Und den Merkzettel von dir habe ich ja auch noch.
"Es war doch nicht falsch die drei A4-Blätter zusammenzuklammern?" fragte ich Schatzi etwas schuldbewusst. Schatzi lächelte etwas und drückte mir einen Schmatz auf.
Ach Schatzi, du weißt immer, was ich in solchen Situationen brauche. Ich seufzte.
Damals war ich schnell nach Hause geeilt und hatte Klaus und Gerald angerufen. Sie hatten schon sehr lange auf das Signal gewartet, das ich „Sturmfreie Bude" habe. Wir wollten nämlich einmal Skat dreschen, bis wir von allein ins Bett fallen. Das ging bisher immer nicht, weil unsere lieben Ehefrauen streng darauf achteten, dass wir immer in unseren eigenen Betten schliefen, und das auch noch pünktlich vor Mitternacht.
„Vor Mitternacht ist der beste Schlaf" hörten wir immer wieder, wenn wir zu unserer Skatrunde aufbrachen. Also hieß es immer „Bettkarte stempeln".

Im Moment waren alle Gebote und Verbote aufgehoben.

Gerald und Klaus hatten sich von ihren lieben Ehefrauen verabschiedet. Wir drei wären nämlich zu einem Museumsbesuch aufgebrochen. Skatmuseum natürlich. Aber wenigstens etwas Seriöses, meinten die lieben Ehefrauen. Nur die Allerliebste von Klaus konnte sich eine Ermahnung nicht verkneifen: „Bringe mir ja nicht solche schweinischen Skatkarten mit nachhause!"

Da hatte sie wohl schon etwas erfahren, was nicht sein sollte. Natürlich wies Klaus alle solche Verdächtigungen weit von sich. Das war wohl etwas zu weit gegriffen, dachte ich mir, als ich die schöne Kristallvase von Klausens Schwiegermutter im Korridor klirren hörte. Klaus hatte nämlich mit beiden Armen seine Worte bekräftigt. Ja, ja. Klaus holte immer weit aus, wenn er etwas erzählte. Es dauerte immer etwas länger bis er zum Punkt kam.

Da erinnere ich mich noch an Marions Worte, Klausens liebste Ehefrau: „Wenn du wenigstens einmal bei mir auch so lange brauchen würdest, wie du das hier erklärst, wäre ich schon froh!"
Marion sagte so etwas schon öfter, aber sie erklärte das nie so richtig. Egal, alles muss ich auch nicht wissen, was in anderen Ehen schief läuft.

Wir drei brachen also mit gepackten Reisetaschen auf. Die paar Schritte bis zum Bus waren nicht weit und dann noch zehn Minuten Fahrt bis zu mir.
Angekommen. Skatmuseum? Denkste!
Es war ja nicht ganz gelogen. Es ging bei uns immer um Skat. Schnell noch beim Fleischer unseres Vertrauens ein Kilo „Hackepeter" besorgt. Brötchen und Bier waren schon gebunkert.
Von nun an ging alles sehr schnell. Ein Häufchen Zwiebeln schneiden, zwei Kasten Pils aus dem Keller holen, Schrippen aufschneiden – fertig.
„Du gibst" zeigte Gerald auf mich. „Keiner raucht hier!" warf ich noch schnell in die Runde. Jetzt ging es aber los mit

dem Reizen.
Das mit dem Rauchverbot hatte ich noch durchsetzen können. Ich appellierte an ihren Sportsgeist. Sie guckten etwas irritiert bei dem Wort „Sport", aber sie fügten sich, als sie hörten, dass wir sonst zum Skatmuseum fahren.
Das ist viel zu weit weg und dauert auch zu lange und außerdem kostet das auch noch Benzin und schließlich wäre bei mir das Pils kostenlos. Ich hatte sie überzeugt. So konnte meine Wohnung nicht nach Rauch stinken, wenn Schatzi zurückkommt.

Ach Schatzi ... wenn du wüsstest. Ich seufzte wieder.
Es war wie im Himmel, stöhnten wir drei, als wir telefonisch von Schatzis Rückkunft erfuhren.
„Das Leben kann aber auch hart sein" knurrte Gerald und schleppte die leeren Bierkisten in den Keller. Ich strich das Bettzeug glatt und fegte gründlich den Fußboden.
„Mach' auch was!" rief ich Klaus zu. Der stand nämlich völlig entrückt am Fenster und sah unseren hektischen Tätigkeiten zu.
„Deine Frau kommt doch aber erst morgen!" klagte er. „Ne Runde könnten wir doch noch spielen."
Typisch Klaus. Ich flippte bald aus.
Wenn ich hier das Chaos sah, brach mir glatt der Schweiß aus.
„Habt ihr denn schon unter dem Teppich nachgesehen?"
Das war Klaus!
Ich stand kerzengerade! Völlig entsetzt sah ich zum Fenster.
„Naja, war ja nur'n Tipp!" kam es kleinlaut von Klaus.
Gerald hob den Teppich an und stieß einen Ausruf der Überraschung aus: „Warst du das du Schwein?"
Er blickte Klaus streng an.
„He he, nun bleib mal auf dem Teppich. Ich bin dein Freund Klaus. Ich habe dir zwar fast einen Hunderter beim Skat abgeknöpft, aber „Schwein" darf nur Marion zu mir sagen" trumpfte Klaus auf.

Jetzt schlugen wir den Teppich weit zurück. Was Klaus da

entsorgt hatte, reichte glatt für eine zwölfköpfige Mäusefamilie, einen Winter lang. Ich war erschüttert. Zudem ratterten gerade in meinem Kopf die Bilder von einem arabischen Bazar herunter. Dort hatten wir den angeblich handgewebten Seidenteppich nach langem Feilschen erstanden. Und Schatzi ist immer noch gerührt, wenn sie diese Geschichte abendfüllend erzählt. Gäste können ja so geduldig sein.
Ich war aber nicht geduldig. „Denkst du denn, du Großferkel, dass du hier alles unter den Teppich kehren darfst. Du bist doch nicht zuhause."

„Mach mal halblang!" protestierte Klaus. „Denkst du zuhause darf ich das? Da würde ich doch glatt sieben Tage oder eine Woche auf dem Bettvorleger schlafen."
Ehe mich jetzt das Mitleid packte, packte ich lieber die Müllschippe und den Handfeger und beseitigte die Schweinerei. „Wenn du das nächste Mal kommst rolle ich den Teppich auf."
„Wenn du so nachtragend bist sage ich dir erst gar nicht, dass etwas Mostrich an der Gardine ist. Daran habe ich aber keine Schuld. Erstens sollte er nicht so gelb sein und zweitens habe ich in die Bockwurst gebissen und nicht an die Gardine gespuckt."
Hier blieb ich sprachlos. Fix etwas Zitronensaft mit etwas Salz auf dem Fleck verrieben und er fiel fast nicht mehr auf. Wer hier behauptet, dass Männer sich nicht zu helfen wissen hat natürlich Recht, aber es trifft auf mich nie zu! Niemals.
Selbst Frau Nachbarin nennt mich schon „Helferich". Grrr. Darauf bin ich nicht sehr stolz. Ich bin nur stolz darauf, dass wir endlich alle Schandtaten von Klaus beseitigen konnten. Jetzt noch schnell die Möbel wieder an ihren Platz und Schatzi konnte kommen.

Wir saßen noch etwas zusammen. Erst am Nachmittag trennten wir uns, indem ich, schwer bepackt mit meiner Reisetasche, Gerald und Klausi bei ihren lieben Ehefrauen ablieferte. „Na? War er auch artig?"

„Sicher doch, denkst du wir benehmen uns wie Schweine? Wozu sonst haben uns Frauen ein Leben lang erzogen?"
Jedes Mal nickten die lieben Ehefrauen zustimmend, ehe ich verschwand.
Ich wälzte mich nun in Vorfreude auf Schatzis Rückkunft. Freunde sind ja ganz nett, aber niemals so kuschlig wie Schatzi.
Da kam sie nun. Strahlend schön, ein Lächeln auf den Lippen, zog sie ihr kleines Köfferchen hinterher. Mit eilenden Schritten kam sie immer näher. Ich hatte bestimmt ein fettes Grinsen im Gesicht, als so immer näher kam. Ja Schatzi, mein Schatzi seufzte ich leise. Kurz bevor Schatzi auf mich traf streckte ich meine Arme aus, damit sie sich hineinfallen lassen konnte. Ich, ein starker Mann, fange meine Frau auf. Ein starkes Bild.
Es musste bestimmt großen Eindruck auf die Umstehenden machen.

Plötzlich stockte Schatzis Schritt. Meine Arme blieben leer. Mich durchfuhr ein riesiger Schreck. Was war passiert? Ich blickte kurz an mir herunter. Aber ich fand nichts, was als störend empfunden werden konnte.
Die ersten Worte, nach ihrer ach so langen Abwesenheit, klangen nicht wie sanftes Glockengeläut, nein es war eher wie die schrille Klingel einen alten Telefons.
Und was sagte mein Liebes?
„Ich habe dir schon so oft gesagt, dass du zu dieser verdammten grünen Jacke nicht die violette Krawatte umbinden sollst. Das geht jetzt wirklich nicht. Du siehst ja aus wie ein Pfingstochse. Binde dir eine Glocke um und ich führe dich auf den Ochsenmarkt!"
Sagt es und gibt mir einen Kuss!

So ist Schatzi. Lieb, fordernd, richtungsweisend. Immer weiß sie, was richtig ist. In jeder Situation.
Schnell ließ ich die kritisierte Krawatte in der Hosentasche verschwinden, drückte noch einmal mein Schatzi und wir strebten langsam dem Taxistand zu.

Von „schräg nach links" blickte ich Schatzi immer wieder an. Nichts hatte sie verändert. Sie sah wie immer aus. Ich war so stolz neben dieser Frau zu gehen.
Zuhause angekommen, zahlte sie noch das Taxi und wir schritten unter den neidischen Blicken der Männer in den umliegenden Häusern unserem Nest zu.

Au! Verdammt! Ich hatte wieder nicht aufgepasst. Das passiert mir immer wieder, wenn ich zu den Fenstern der Anwohner blicke, hinter denen ich die Blicke der Neider vermute.
Mir war wieder die Haustür ins Gesicht geknallt, hinter der Schatzi verschwand.
Warum muss mir das immer wieder passieren?
•

Schatzi kocht mediterran

Das Frühstück war, wie immer, ein Gedicht. Leider hatte es nicht viele Verse.
So ging die schönste Zeit am Morgen viel zu schnell vorbei.
Noch leicht am Träumen räumte ich den Tisch ab. Das war meine Aufgabe. Alles rauf – alles runter. Abräumen geht ja bekanntlich schneller. Es ist doch schließlich weniger auf dem Tisch.
Das war jetzt kein Witz, sondern eine Erinnerung an Kindertage. Da ging immer der Zank mit meiner Schwester, wer abräumt. Erst beim Abwaschen kriegten wir uns wieder ein. Da traf es uns beide.
Die letzten Eierschalen waren also weggeräumt, da traf mich schon der Blitz! Es war nur eine simple Frage, die mich hier wie ein Blitz traf, aber sie war nicht einfach zu überhören, denn sie kam von nicht weniger, als von meinem Schatzi. Und Schatz ist meine allerbeste Ehefrau. Nie würde sie mich hungern lassen. Genau darauf zielte ihre Frage: „Was willst du heute Mittag essen?"

Das traf mich unvorbereitet. Fragte sie sonst immer wie unbeteiligt und ich überhörte diese Frage dann geflissentlich, sah sie mich heute dabei an. Das erforderte eine Reaktion von mir.
Ob sie es sah, wie es hinter meiner Stirn arbeitete? Es erforderte meinen ganzen Einsatz um so lässig wie möglich zu antworten: „Mach doch mal was Mediterranes".
Jetzt hatte ich wohl ihren Nerv getroffen: „Wie meinst du das?"
Na so mediterran, so wie italienisch, bunt, Oliven, Tomaten …"
„Soll ich auch noch dazu singen: „O Sole mio…?"
Ach mein Schatzi. Jetzt mussten wir Beide lachen.

„Was ist eigentlich mediterran?"
Das war jetzt gemein. Erst witzeln und dann solche

komplizierten Fragen stellen. Hinterlistig, sage ich nur.
Ich überlegte, wie ich meinem Schatzi so eine Sache mit einfachen Worten erklären könnte. Männer machen da schließlich nicht so viele Worte. Sollte eine Frau das Wort „mediterran" erklären, käme bestimmt ein südländisches Kochbuch dabei heraus.
„Sie mal" begann ich zögernd mein Wissen preiszugeben. "Am besten erkläre ich das so: „Medi" könnte griechisch sein. Komm bestimmt von Medizin oder so. „Terran" ist lateinisch und bedeutet wohl Erde. Das Lateinische war früher mal auch griechisch, aber da die Römer alles griechisches klauten, haben sie es in Latein umgewandelt. So hatten sie zum Schluss fast eine eigene Sprache.
Das ist so wie die deutsche Sprache. Wir nehmen englische Wörter und übersetzen sie falsch und schon haben wir ein neues deutsches Wort. Wie das mit den alten Lateinern war, ist nicht überliefert. Ich denke mal, die wollten nur altgriechisch und Latein reden. Muss aber recht schwierig gewesen sein, denn noch heute brechen sich alle Abiturienten die Zungen, wenn sie Latein reden sollen."

Als ich kurz Luft holte um meine kurze Deutung von „mediterran" fortzusetzen, schnellte Schatzi dazwischen: „Ich soll also etwas Tonerde in den Goulasch machen. Schmeckt das denn?"
Mein Hustenanfall hinderte mich an einer sofortigen, wissenschaftlich gerechtfertigten Antwort. So holte ich noch einmal tief Luft, als mich schon wieder ihr Satz wie eine Keule traf: „Ich renne heute nicht mehr in die Apotheke oder in den Reformladen. Das kannst du nicht von mir verlangen!"
„Schatzi. Liebes", flüsterte ich, als mein Anfall vorbei war ... der Hustenanfall.
„Schatzi, du kochst, als wenn du es im Himmel erlernt hättest. Deine Speisen sind für mich Labsal. Deine göttlichen Braten verschönst du beim Auftragen mit deinem engelsgleichen Gesicht. Ich werde niemals in den Himmel wollen, wenn ich es hier schon so schön habe!"

Jetzt war Schatzi doch etwas verlegen.
„So etwas Schönes hast du noch nie zu mir gesagt. Das mit den Sternen vom Himmel holen hatte ich mir schon abgeschminkt. So reden Männer eben. Aber wenn dir mein Essen schmeckt bin ich selig. Aber du hast mir noch nicht gesagt, wie ich das Goulasch mediterran kochen soll.
„Mach' Tomaten ran!" knurrte ich jetzt nur noch kurz.
„Ah, sag' das doch gleich. Da kann ich also schon so lange mediterran kochen und wusste es nicht.
Schwupps, hatte ich einen Schmatz von meinem Schatz.

„Bärchen, du kannst immer so schön erklären" flüsterte sie mir ganz nah ins Ohr. Ihr warmer Atem ließ mich beinahe vergessen, dass ich das mit dem „Medi" noch nicht komplett erklärt hatte.

•

Schatzi, wohin willst du?

Ich lag völlig entspannt auf der Couch. Ein Bein baumelte herab, das andere Bein lag in voller Länge ausgestreckt. Es waren nur wenige Bewegungen an mir zu sehen. Ich ging gerade meiner Lieblingsbeschäftigung nach: „Zappen".

Bunte Bilder wechselten in Sekundenbruchteilen auf dem Fernseher. *(Warum heißen die Dinger Fernseher? Ich bin doch nur knappe drei Meter von der Flunder entfernt?)*
Flunder? Das Wort habe ich vom Warenerklärer im Technikmarkt. Mir wäre so etwas Glitschiges nicht eingefallen.

Ach so, mein ausgestreckter Fuß. Der spielt schließlich auch noch eine Rolle. Der hatte die Aufgabe meinen lieben Kater „Motzi" zu bespaßen.
Wenn ich nämlich mit meinen Zehen wackelte kam bei ihm der sonst verkümmerte Jagdinstinkt zum Vorschein. Jagen wollte der schon lange nicht mehr. Seine Nahrung kam schließlich nett angerichtet, täglich frisch auf den Teller. Wir hatten Wahlessen für in eingerichtet, weil wir bald merkten, dass er ein vollendeter Feinschmecker war. So manches Mal hatte er unsere mühsame Nahrungsbeschaffung mit Nichtachtung gestraft. Also gab es jetzt Wahlessen: Das oder gar nichts!
Er hatte es schnell begriffen, als er die letzte Stubenfliege erlegt hatte.

Aber Schatzi ist nicht nur zu mir liebevoll, sondern auch zu „Motzi".
Wenn er schon Verzicht üben sollte, so kam wenigstens immer noch ein kleines Stängelchen Petersilie auf den Teller. Das sah nicht nur hübsch aus, sondern sollte Vitamine spenden.

Schatzi?

Das ist meine liebe Gattin und Gefährtin in allen Lagen beim Leben. Schlichter kann ich es, in der Kürze, hier nicht erklären.

Nun aber zu meinem großen Zeh. Der war es schließlich, was in „Motzi" längst verschüttete Instinkte weckte.
Immer, wenn ich mit meinem Zeh wackelte sprang „Motzi" darauf zu und versuchte hinein zubeißen. Mein Zeh, also ich, war aber immer schneller. So brauchte ich „Motzi" nicht zu kraulen und hatte meine Hand für die Fernbedienung frei.

Das war unser Ritual, das wir nahezu täglich durchführten.
Das ging aber auch nur, weil mein Schatzi sich so sorgend um mich bemühte.
Nein, sie las mir nicht jeden Wunsch von meinen Augen ab. So groß sind nun meine Augen auch wieder nicht, um alle meine Wünsche anzuzeigen.
Es hatten sich aber Gepflogenheiten entwickelt, die mir mein „Couching" ermöglichten.
Als ich sie kennenlernte, strampelte ich mich gehörig ab um sie von meinen Fähigkeiten zu überzeugen. Wenn sie auch mit einem wackelnden Zeh zu begeistern gewesen wäre, wäre alles viel leichter und kostengünstiger abgelaufen.
Damals hatten mir Mamas Ratschläge sehr geholfen, die mir sagten, was Frauen wünschten.

Die bunten Bilder flackerten, Kater „Motzi" jagte und in meinem Kopf war völlige Leere.
He, he. Nicht lästern bitte! Auch ein Hausherr benötigt Denkpausen in denen er darüber nachdenkt, wie sich das Leben erleichtern lässt.
Gerade begann mich eine hübsche Moderatorin zu fesseln als mich etwas störte. Es waren Rufe. Rufe?
Wer wagt es meine Ruhe zu stören? Da ist doch gleich jegliche Entspannung flöten.
Das Rufen hörte nicht auf. Es wurde jetzt sogar eindringlicher.

Jetzt hörte ich woher es kam. Es kam aus unseren Ankleideraum.
Bitte jetzt nicht neidisch werden. So ein Krösus bin ich nun auch wieder nicht. Wir hatten nur das Schlafzimmer zum Ankleideraum umbenannt, weil das vornehmer klingt.
Das war auch meine Idee gewesen. Ob mir dieser Gedanke auch auf der Couch eingefallen war, weiß ich heute nicht mehr.
Ich wollte erst „Ausziehzimmer" haben, aber das traf wohl nicht Schatzi's Geschmack.
Jedenfalls drang jetzt aus besagtem „Ankleideraum" die energische Stimme von Schatzi, die mich sofort von der Couch riss.

Adé Moderatorin, adé armer schwarzer Kater, adé Fernbedienung. Ich wollte mein ausgestrecktes Bein gerade von der Couch schwingen, als mich ein heftiger Schmerz durchzuckte. Mit einem leisen Aufschrei entriss ich meinen großen Zeh den Fängen „Motzi's" und eilte humpelnd zu Schatzi.
Sie rief bereits in voller Lautstärke nach mir. Es war nicht das Kosewort, das sie sonst rief. Sie hatte es damals für mich gefunden: „Brummelchen" nannte sie mich oft. Bestimmt weil ich immer erst etwas vor mich hin brummelte, ehe ich ihre Wünsche erfüllte.
„Heb' endlich deinen Allerwertesten vom Sofa. Nie bist du da, wenn man dich braucht, du bist ..."
Hier breche ich mal ab. Ich will hier keine seitenlangen Zitate veröffentlichen.

Und was sah ich, als ich so eilig das „Ankleidezimmer" erreicht hatte?
Schatzi stand vor dem Spiegel.
Wo sonst wäre ein besserer Platz für diese schöne Frau gewesen? In der ganzen Wohnung, nicht mal in der Küche. Zwar gefiel sie mir dort sehr gut, besonders, wenn sie mir den Kochlöffel zum ablecken gab: „Koste mal, kann das so bleiben?"

Natürlich schmeckte es, aber eine kleine Kritik konnte ich mir selten verkneifen: „Mach' doch noch eine winzige Prise Liebe hinein. Davon kann ich nie genug bekommen."
Was passierte dann ebenso regelmäßig? Ich bekam einen leichten Klaps mit dem Kochlöffel und einen Kuss.
Daher weiß ich auch, das Kochen wirklich schön ist, bzw. schön macht. Schatzi strahlt dann immer so.

Aber was sah ich jetzt?
Schatzi, mein liebes Schatzi hatte beinahe Tränen in den Augen. Völlig verzweifelt zerrte sie an einem Kleid herum.
„Guck' mal Brummelchen, das sitzt doch gar nicht. Hinten und vorn zippelt es nur. Und mein Busen. Mein Gott, der ist ja fast platt. Ich brauche neue BH's.
Punkt!
Schatzi holte Luft.

Beruhigend, wie es so meine Art ist, bat ich sie: „Dreh' dich bitte mal."
Schatzi drehte sich langsam mir zu. Dabei blickte sie noch immer in den Spiegel. Aber Frauen mit Gänsehals sind selten in der Natur.
Es lief zum Schluss doch darauf hinaus, dass sie mir ihren hilflosen Blick zuwendete.
„Sag' was!" bat sie flehentlich.
Ich schritt bedächtig auf sie zu (wie es eben so meine Art ist) und drehte sie nun eigenhändig vor dem Spiegel.
Leider kam kein besseres Bild dabei heraus.
Beinahe wäre ich auch in Hilflosigkeit verfallen, bis … bis ich endlich eine Frage äußerte: „Schatzi, wohin willst du eigentlich mit diesem Kleid?"
Es war die schwerwiegendste Frage dieses Tages, stellte ich hinterher noch fest.
Aber jetzt? Jetzt war sie wohl fehl am Platze. Jedenfalls löste sie eine Lawine aus. Eine Wortlawine.
„Du weiß ganz genau, dass wir heute noch eingeladen sind. Ich will nicht wie eine Partymaus daherkommen oder wie du, als Jogger. Du könntest auch heute mal was anderes

anziehen. Ich kenne dich fast nur noch in diesen Schlabberklamotten. Ich mache mich wenigstens mal zurecht für dich, aber du ..."

Ich stellte trotzdem noch einmal diese schwerwiegende Frage, dieses Mal mit etwas gedämpfter Stimme: „Schatzi, wohin willst du denn gehen?"
„Das sagte ich doch bereits" blitzte Schatzi mich an.
Ich holte ganz tief Luft, dämpfte meine Stimme noch etwas mehr und fragte: „In welche Richtung willst denn gehen".

Es entstand eine längere Pause.
Schatz sah mich mit aufgerissenen Augen an und stemmte ihre angewinkelten Arme in die Hüften. Dann schnappte sie wie ein Karpfen ... drehte sich zum Spiegel und prustete laut los.
„Brummelchen, du bist mir aber auch Einer. Du lässt mich hier zappeln und weißt die ganze Zeit, dass ich das Kleid verkehrt herum anhabe."
Ihre gespielte Entrüstung tat mir gut. Sie zog nun das Kleid richtig herum an. Vorn war nun da wo vorn zu sein hat.
„Na, gefalle ich dir?"
Ich nickte glücklich.
„Aber ohne Kleid sahst du auch sehr gut aus." konterte ich noch, ehe mir Schatzi mit einem Kuss die Lippen verschloss."
Dann kam ihr Standardsatz: „Typisch Mann, immer nur die Rosinen rauspicken".
Ich blieb still.
Rosinen sind nun mal süß. Warum soll ein Mann keine Rosinen mögen?
•

Schatzi, es hat geknallt

Oh nee.
Da bin ich eben zusammen gezuckt. Mein TV-Bildschirm ist grell beleuchtet von einem verheerenden Feuer. Trümmerteile fliegen wie Geschosse über das Tableau. Ich zucke zurück und ducke mich. Mann, 3D ist wirklich gefährlich. Da sitze ich jetzt mittendrin im Inferno. Mir wird heiß inmitten der Flammen. Schnell eine Decke über meinen Kopf, damit mein dürftiger Haarschopf nicht von Funken getroffen wird. Ein Auge immer zum Geschehen spüre ich einen heftigen Schlag an meinem linken Oberarm!
Ich zucke erneut erschreckt zusammen und blicke vorsichtig zur Seite. Es war kein Brett oder Balken, von einer Explosion entzündet und wie ein Speer in meine Richtung geschleudert – nein es war mein Schatzi, dass mich mit einem kräftigen Faustschlag aus meinen Ängsten riss.

„Das ist Kintopp, du Nappsülze! Da musst du nur ruhig abwarten bis die Bösen tot sind oder im Knast!"
Ich guckte etwas verdattert. Langsam kam ich wieder in die Wirklichkeit zurück. Ich rückte näher zu Schatzi, beinahe wie Schutz suchend. Mein Schatzi lächelte mir liebevoll zu.
Da war es wieder. Wie immer hatte ein weibliches Wesen in meinem Leben dafür gesorgt, dass ich nicht den Kurs verliere.
Jetzt sah ich nur noch halb interessiert und völlig unterkühlt den dämlichen Ermittlern zu, die natürlich wieder zu spät die tickende Sprengladung entdeckt hatten. Schadet ihnen nichts, wenn sie im hohen Bogen mitsamt der Flammenhölle durch die Luft flogen.
Ich, der Zuschauer, hatte nämlich schon längst die rückwärts laufende, rote Anzeige der Schaltuhr entdeckt. Jede Sekunde konnte es losgehen. Und was machen die Ermittler? Diese Schlafmützen rennen mit ihren Pistolen durch das Schrottlager und kommen nicht zum Schuss. Außer einer fetten Ratte, lief da nämlich nichts rum. Und die

war keinen Schuss wert.

Aber es war ja „Kintopp"! Ich male mir jetzt nicht aus, wie meine Steuergelder nur für eine Rattenjagd draufgehen. Das weiß ich nämlich genau, dass die Anzahl der Ratten unsere Bevölkerungszahl deutlich überholt hat. Soll am „Pillenknick" liegen, sagen die Statistiker. Oder auch daran, dass wir immer älter werden?
Am Anfang hatte es geknallt. Leider weiß ich nicht, warum ich mir diese Serien überhaupt ansehe. Jetzt ist doch alles wieder ruhig und ich kann beruhigt die nächste Folge in einer Woche abwarten.
Da ich nicht immer so friedvoll bin, wie ich erscheine, wünsche ich mir insgeheim, ohne nur ein Wort davon zu äußern, dass die dämlichen Ermittler endlich mal draufgehen. Dann kann ich mir in 18 Folgen zu je 3 Blöcken die schwierigen Ermittlungen ansehen, wie Psychologen, Profiler, Pathologen, Genforscher und Nachbarn Erkenntnisse sammeln um die These zu wiederlegen, dass TV-Ermittler völlig bescheuert sind. Jeder Zuschauer kann das besser. Der Zuschauer kann die Folgen von Ermittlungsfehlern sofort einschätzen und würde sich niemals solchen Gefahren aussetzen.

Gespannt erwarte ich jetzt die Wiederholungen der letzten 24 Folgen, damit ich dann die neuen Folgen 25 bis 30 sehen kann.
Nee nee, was wird das wieder kosten? Chips und Bier gibt es schließlich auch nicht ohne Penunse. Ein zwei kleine Einbrüche? Ich wünsche mir die Ermittler aus meiner Lieblingsserie!
•

Schatzi zweifelt

Schatzi und ich kennen uns jetzt schon sehr lange.
In dieser langen Zeit gab es viel Schönes, aber auch Missverständnisse. Unser Beider Erziehung prallte aufeinander.
„Das schleift sich ab" sagen die Leute.
Diese Deutung empfinde ich als falsch. Wäre es nicht besser davon zu sprechen, dass man Gewohnheiten ablegt?
Einfach die Gewohnheiten vergraben, die der Partner als falsch oder lästig empfindet?
Eine oft praktizierte Methode verliebter Frauen ist das „Abgewöhnen".
„Lass uns erst einmal verheiratet sein, Mama, dann gewöhne ich ihm das ab".
Mamas warnende Worte hatten die Tochter dazu veranlasst mit einer Heirat auch die erneute Erziehung eines Mannes zu übernehmen.

Sie gibt zu, dass der Partner ihrer Wahl ganz passabel ist, aber er ist leider noch nicht perfekt.
„Das kriegen wir noch hin, wäre doch gelacht" denkt sie, während sie sich liebevoll an ihn schmiegt.
Was der Auserwählte denkt?
Naa, wer wird denn so neugierig sein? Darüber kann später einmal geschrieben werden. Die Männer sind noch nicht ausreichend erforscht.

Aber sie sind erzogen! Das steht fest.
Ich erläutere das einmal an Schatzis Zweifeln.
Wie ich anfangs erwähnte kennen Schatzi und ich schon lange. Aber auch wir hatten eine Phase des Kennenlernens.
Vor lauter Knutschen und Knuddeln blieben lang anhaltende Zweifel am Anderen noch weitgehend im Hintergrund.
Ich war eben beinahe passabel für mein Schatzi.

Meine Schattenseiten offenbarten sich erst mit der ersten gemeinsamen Wohnung.
Ich lasse den Teil aus, der sich um unterschiedliche Schlaf-

stellungen und unterschiedliche Essgewohnheiten dreht.
Der erste Diskussionsbedarf war auch nicht der Kinderwunsch. Nein, profan: es war die Art eine Toilette sinnvoll zu benutzen.
Wir hatten Glück. Trotz Altbau war die Toilette doch auf dem gleichen Treppenpodest. Purer Luxus war das.
Aber was fehlt in einer guten Toilette? Das weiße Etwas wovor Männer gern ihre Größe beweisen.

Das war auch bei uns der Haken.
„Vorhin habe ich schon wieder vor dem Becken wischen müssen!"
Ich guckte Schatzi verdutzt an. Was will sie? Nur jetzt keinen Streit. Alles ist noch so neu. Ich drückte sie an mich und ihr ein kleines Küsschen auf die Wange. Damit drückte ich mich lächeln vor einer Antwort.

Ich bin kein Drückeberger. Irgendwann sagte sie mir immer öfter und energischer etwas vom Aufwischen in der Toilette. Das konnte ich nicht mehr so hinnehmen. Mein Renommee litt darunter. Schließlich hatte ich die Hosen an. Frauen trugen nämlich damals noch vorwiegend Rock.
„Das ist so bei Männern" wagte ich eine Entschuldigung.
„Waaas? Was ist so bei Männern?"
„Na, das da mal was tropft. Jeder Hahn tropft doch ab und zu. Selbst bei Willi am Tresen tropfen die Bierhähne. Regt mich auch nicht auf. Wichtig ist mir immer der Eichstrich. Den muss Willi einhalten".

„Mal ehrlich. Mein Eichstrich ist schon lange erreicht. Wenn das mit deinem tropfenden Hahn nicht bald aufhört knote ich dir den mal richtig zu. Oder ist bei dir eine Dichtung locker?"
Das klang jetzt drohend. Außerdem ging diese Bemerkung eindeutig in die Richtung meiner handwerklichen Fähigkeiten. Dabei waren es genau diese Fähigkeiten, mit denen ich damals punkten konnte. Lockere Dichtungen. Also bitte...

Tief Luft geholt, kurze Pause und: „Schatzi, damit wir dieses schwerwiegende Problem heute schon klären können und es wir nicht durch die gesamte Ehe tragen bitte ich um ein Gespräch."
Hatte ich eben noch ein angedeutetes Stirnrunzeln bei Schatzi bemerkt so erhellte sich ihr Gesicht jetzt zusehends.
„So förmlich heute?"
„Ja, das war notwendig. Hier geht meine Ehe in die Brüche, meine Kinder bekommen ein falsches Bild von ihrem Papa und mein gesamtes vorheriges Leben wird von dir in Frage gestellt. Da muss ich doch eine Stellungnahme abgeben."
Schatzi nickte zustimmend, hielt sich aber dabei die Hand vor dem Mund.
Ich ignorierte das Letztere und sprach:
"Schatzi, wir kennen uns nun so lange. Aber es gab auch eine Zeit vor dir. In dieser Zeit wuchs ich heran. Du kannst selbst sehen, welche Erscheinung ich heute bin. Aber kommen wir auf damals zurück. Das war keine schöne Zeit. Nein, wirklich nicht.
Wollte Mutti mich loswerden setzte sie mich auf das „Töpfchen". Da saß ich nun mit nacktem Po und langweilte mich. Mit kaltem Po so lange auf einem Nachttopf sitzen bis Mama "fein" sagt ist wirklich keine Freude."
„Mach' fein AA! So ein feiner Junge, mach' AA. Nu' drück' schon, mach AA."
Nach gefühlten Ewigkeiten: „Nun komm' schon, aber wenn du wieder in die Windel machst ist was los!"

So begann alles. Aber das ist nicht das Eigentliche, es ist nicht das was ich dir erzählen will.

"Ich war doch der Jüngste zuhause. Stimmt das?"
„Dachte ich bisher. Ganz erwachsen bist du heute noch nicht".
Das kam hinter Schatzis Hand hervor. Ich ahnte auch unterdrückte Heiterkeit.
Trotzdem fuhr ich fuhr fort
„Ich wuchs heran. Und so wie es Millionen letztgeborener

Jungen ging, so erging es mir auch.
Die ältere Schwester musste auf mich aufpassen. Ich wurde ihr ungeliebtes Anhängsel und sie meine Heldin, mein großes Vorbild.
Bis es einmal passierte.
„Ich muss mal" zupfte ich an ihrem Rock.
„Na geh doch!"
„Ich bekomme die Hose nicht runter!"
„Na und?"
„Du blöde Zicke hockst dich nur hin und schon ist alles klar."
„Blödmann! Jeder kleine Junge weiß wie man das macht. Komm' endlich aus deinen Windeln! Geh' jetzt gefälligst zu dem Baum dort und los geht es."
Sie knöpfte mir noch den Hosenschlitz auf und schubste mich zum Baum. Da stand ich nun. Hinter mir meine Schwester. Etwas verknotete sich und ich musste plötzlich nicht mehr.
Siehst du Schatzi, damit begann alles.
Später zeigten mir Leidensgefährten was so alles möglich ist. Höher, weiter." Schönschrift."

Schatzi bat um das Wort.
Ja, das war auch ein Ausdruck unseres guten Zusammenlebens. Wir hatten ja die 60er! Es gab bei uns Demokratie. Da gab es feste Regeln, wie in jeder Demokratie. Äußerte ich Bedenken, wenn Entscheidungen anstanden, bekam ich einen Kuss mehr und den Satz: „Etwas Diktatur tut jeder Demokratie gut."

Ich holte Luft und Schatzi setzte zu einer Rechtfertigung an.
„Das ist so mein Schatz", lächelte sie, „Da kommen wir erst einmal zu deinen Kindern. Du hast noch keine Kinder. Hier war jeder Tropfen umsonst. Zweitens, ich meinte nicht wörtlich, dass du unbegabt bist. Ich meinte auch nicht, dass du eine Scheibe hast, äh Dichtung hast. Und locker? Wenn ich locker sage, meine ich so etwas Metallisches. Weißt du so etwas zum Drehen. Na, da weißt du besser Bescheid."

Ach ja, so war das damals. Im Rückblick kann ich nur bedauern mit welcher Mühe sich die Frauen in meinem Leben um mich bemühen mussten. Ständig gab es etwas zum Erziehen. Auch Schatzi bemüht sich heute noch mir kleine Unarten abzugewöhnen, d.h. meine Erziehung ist noch nicht abgeschlossen.

Natürlich hat mein Schatzi auch diese Epistel gelesen. Sie merkte noch einiges an, dass mit Orthografie zu tun hat. Ich wehrte mich mit meiner Unkundigkeit (!) der griechischen Sprache. Demokratie tut gut in der kleinsten Zelle des Staates (frei nach Engels, Friedrich).

Sie gab mir aber noch auf, einen Aufruf zu veröffentlichen.

„Liebe Mütter! Wollt ihr mit euren Schwiegertöchter in Frieden leben, so erzieht eure männlichen Nachkommen nachhaltig zu einem guten Verhalten. Zu einem Verhalten, dass Ehefrauen nicht dazu veranlasst eure Söhne umzuziehen zu müssen!
Nur noch eine Erziehung für alle Männer! Umziehung ist verlorene Lebenszeit!"
•

Schatzi, wir sollten mal wieder fliegen!

„Schatzi, wir sollten mal wieder fliegen" sprach ich so vor mich hin als ich die neueste Reisereklame ansah. Auf jeder Seite verlockende Angebote mit Meer und Tropenbäumen. Ich bekam Fernweh.
Ich sah mich zur Seite um. Schatzi antwortete mir nicht. Schade.
Schließlich hatte ich einen Gedanken geäußert. Wie oft das vorkommt, dass Männer ihre Gedanken einer Frau mitteilen, sollten Frauen beurteilen. Warum sonst sind echte Männergespräche so tiefschürfend? Und lang andauernd. Einige Ehefrauen behaupten sogar, dass Männergespräche teuer sind. Mal ehrlich. Wer spricht schon gerne mit trockener Kehle? Stellt doch euren schweigsamen Männern einfach mal einen Kasten Bier vor die Nase. So ganz ohne Fußballsendung.
Ein richtiger Mann wird jetzt nicht nur einen fragenden Blick aussenden. Nein, er wird eine umfassende Erklärung dieses ungeheuerlichen Ereignisses erwarten. Und reden. Genau reden dass wollen doch unsere Frauen.

Jetzt wollte ich reden. Schatzi fühlte wohl meinen bohrenden Blick. Leicht neigte sie ihren Kopf zu mir „Wohin willst du denn?"
Aha. Sie hatte mich doch vernommen. Diese lange Pause kannte ich nicht von Schatzi.
Eilfertig, denn der jetzt gesponnene Gesprächsfaden sollte nicht abreißen, antworte ich: „Eigentlich egal. Hauptsache mal wieder raus. Weg von hier. Sieh mal hier!"
Ich legte Schatzi die Reisereklame vor.
„Hab' ich gesehen. Wäre schön."
Fünf Wörter. Ich war geschockt. Das grenzte fast an „Stumm". Völlig unweiblich.

Ich begann jetzt eine regelrechte Agitation. Das Blau des Himmels in der Ferne wurde Azur. Der Sandstrand wurde

zum Daunenbett und die Öltanker am Horizont schrumpften in meiner Schilderung zu kleinen Fischerboten, die mit weißen Segeln besetzt waren. Pfeifende Delfine winkten fröhlich mit den Flossen und luden uns zum Bade.
Ich zog alle Register.
Mein Schatzi wurde lebhafter.
„Und wir sollten mit dem Flugzeug fahren?"
„Fliegen" berichtigte ich leise.
„Wieso fliegen? Ich dachte es sind Luftschiffer und die schiffen, äh fahren."
„Ach Schatzi. Das war noch zu Zeiten der Luftschifffahrt. Da lebtest du noch gar nicht."
Schatzi bekam einen traurigen Blick: „Schade. Das Schiffen war bestimmt emotionaler."
Ich holte Schatzi in die Wirklichkeit zurück: „Wir sollten fliegen. Mit einem Flugzeug."
Schatzi nickte: „Ja, aber..."
„Nichts aber. Wir fliegen zu dem Ort den wir uns auswählen. Wir sind nicht allein im Flugzeug. Mindestens 200 Leute fliegen mit uns."
„So viele?"
„Ja. Oder noch mehr. Wenn der schlimmste Fall eintreten sollte, nur mal so angenommen, und wir landen nicht auf den Rädern, wie es sonst Flugzeuge tun, so kannst du immer sagen „Wir befanden uns in guter Gesellschaft"."
„Kann ich nicht sagen. Dann bin ich tot."
„Papperlapapp! Dann schreiben es eben unsere Kinder in den Nachruf." wurde ich jetzt ungeduldig.
„Aber ich schäme mich doch so" ignorierte Schatzi meine Zappelei.
„Schämen? Wofür sollst du dich schämen?" Meine aufgesetzte Miene hätte Steine zum Weinen gebracht. Schatzi bemerkte mein Mitleid.
„Ich habe doch soviel zugenommen. Im Moment habe ich fast 500 Gramm Übergewicht. Wenn die mich dort wiegen würde ich mich schämen."
„Aber Schatzi, die wiegen doch nur das Gepäck. Du wirst doch nicht gewogen."

„Hm. Aber ich muss doch bestimmt etwas verzollen?"
„Was wollen wir denn verzollen? Wir Habenichtse!"
„Na, Edelmetalle und so."
„Edelmetalle. Ich habe nicht mal einen Goldzahn. Was hast du denn? Ich habe nichts gesehen was zu verzollen wäre. Außer du selbst, mein Edelstein!"
Ja, jetzt hatte ich den rechten Ton getroffen. Schatzi wurde lebhafter.
„Ich hatte mich doch aber operieren lassen. Da haben sie mir doch so etwas aus Metall eingesetzt. Ich glaube es ist Titan. Und da haben wir das Dilemma. So etwas Edles hatte ich noch nie. Und es bringt Gewicht. Die denken doch ich habe zugenommen. Das beschämt mich".
"Aber Schatzi. Mal abgesehen davon, dass ich von dir nie genug haben könnte bekommt das doch kein Mensch mit, dass du ein Titanimplantat hast."
„Nein?"
„Nein! Ein Beispiel. Der Klaus. Du kennst doch Klaus? Der Klaus zum Beispiel hat im Kopf ein Implantat. Eine Metallplatte. Ob aus Silber oder ein anderes Metall weiß ich nicht. Wenn er durch die Kontrolle an der Abfertigung geht zeigt er eine Bescheinigung vor, dass er etwas im Kopf hat. Dann darf er durch."
„Das passiert dir aber nicht!" meinte Schatzi im bestimmenden Ton."
„Wieso nicht?" ich blickte aufmerksam in das Gesicht von Schatzi.
„Na, du hast doch nichts im Kopf!". Ein leichtes Lächeln konnte ich um ihren Mund ausmachen.
Etwas machte mich stutzig. Sie hatte ja Recht, aber war da noch etwas? Ich hatte schon immer das Gefühl, dass mir mein Schatzi etwas in den Kopf sehen konnte.
„Meinst du ich bin ein Hohlkopf?"
„Aber nein! Niemals! Schon immer, wenn mich jemand fragte, sage ich „Mein Mann hat nur Flausen im Kopf."
Jetzt war ich beruhigt. Denn so etwas fällt nicht ins Gewicht.
•

Schatzi, da ham wa den Salat

Diesen Satz konnte ich mir nicht verkneifen, als ich wie immer mal kurz in die Küche schaute.
Ich bin da ehrlich - nicht ein bisschen Neugierig gucke ich doch mal in der Küche vorbei, ob alles mit rechten Dingen zugeht.
Nicht, dass ich Verdacht auf Hexen oder Monsterinfektion habe, aber mein Schatzi zaubert schon ganz schön in der Küche. Ich meine nicht Spargel mit Schnitzel, nicht Nudelsalat oder Bolognese. Das ist unteres Küchenniveau. So etwas gibt es nur auf Wunsch eines einzelnen Herrn, dessen Namen ich hier nicht nennen kann, da auch er lesen kann.
Der Hausfreund? Falsch geraten!
Der letzte, der versuchte ein Freund des Hauses zu sein, ist wieder aus dem Blickfeld verschwunden, als er bemerkte, dass er in mir einen Gegner hatte, der ihm in allem haushoch überlegen war.
Da waren zum Beispiel die Ergebnisse der bekanntesten Sportarten, außer Fußball. Fußball gehört nach meinen Ansichten nicht mehr zu den Sportarten, die mich interessieren. Fußball ist Industrie mit einem Vorstand und einem Vorstandsvorsitzenden. Das ist nicht mehr das Ballspiel, das ich noch mangels Schuhe, barfuß auf dem Hof spielte. „Allemania" gegen „Klotzemania" nannten wir uns. Es durfte auch jeder mitspielen, der nur einen Fuß bewegen konnte. Verletzt wurde auch nur unser Ego. Dass Fußballer ab dem Jahr 2016 Messer zum Match mitbringen dürfen ist hoffentlich ein Gerücht? Das würde wirklich Matsch auf den Rasen geben. Bis jetzt sind es nur Knochen und innere Organe, die zu Matsch gehen. Beim Match. Versteht sich.
Ich meine eher so nette Sportarten, wie Schwimmen oder Bogenschießen. Die sehe ich gern. Schatzi guckt immer die Meisterschaften der Herren. Kann ich wirklich nicht verstehen. Was haben diese Herren, was ich nicht habe? Ich finde die Mädels hübscher. Da könnte ich sogar bei Fußball eine Ausnahme machen.

Für wen also gibt es Spargel mit Schnitzel?
Namen soll ich nicht nennen. Nur so viel: Es ist ein älterer Herr aus dem vergangenen Jahrtausend. Trägt auffallend helles Haar. Nicht mehr als eins. Wächst aus der Nase. Als ich ihn kennenlernte war er noch behaart wie ein, äh - ein junger Mann. Er stellte sich gar nicht vor, sondern kanzelte mich kurz und knapp ab, warum genau ich es sein solle, der seine Tochter unglücklich machen muss. Ich schweige lieber über dieses Thema. Sonst fordert er mich wieder zum Duell. Wie damals. Bier, sage ich nur. Der hatte einen Bauch, wo alles reinpasste, was man vor ihn hinstellte, aber ich armer Bindfaden? Ohne Speicherreserven musste ständig abgießen gehen. Klar, dass ich klar verlor. Das hält er mir immer noch vor.
Ich sollte diese Blamage vergessen. Auch mein Scheitel ist breiter geworden. Allerdings bin ich noch kein „Spiegelei", wie unsere ungarischen Gäste immer die Männer nennen, die unterm Bauch nichts mehr sehen können. Ich brauche keinen Spiegel! Punkt! Echte deutsche Eiche im beginnenden Herbst!
Ich war wieder abgelenkt. Entschuldigung.
Ich gucke also so unbeteiligt wie möglich in der Küche vorbei. Und was sehe ich? GRÜN!
Kinders, das geht gar nicht. So grün waren nicht mal die Küchenwände meiner Mutter, als ich sie auf ihren Wunsch lindgrün streichen musste.
Ich mag grün. Grüne Wiesen, grüne Frösche, grüne Mädchenaugen, aber grün in der Küche? Heute sah ich grün.
Grüne Nudeln, grünes Pesto, grünen Salat!
„Schatzi, für wen kochst du heute diese leckeren Sachen?" fragte ich betont interessiert.
„Du kannst aber auch Fragen stellen!" Das war Schatzi.
„Bekommen wir Besuch? Unsere Jüngste vielleicht? Ich frage mich immer warum sie nicht gleich auf der Wiese grast, statt das Zeugs erst in die Küche zu schleppen!"
„Lass das Kind in Ruhe! Immer hast du etwas zu maulen, wenn sie dir keine gebackene Haxe zum Mittagessen hinstellt."

„Ich meckere nie über das Essen bei ihr. Nie! Diese kleine Bemerkungen über "Mediterran und Einstreu sind doch nicht böse gemeint."
„Wollte sie aber auch nicht hören. Schon gar nicht von ihrem Papa. Du weißt, wie sie an dir hängt!"
Da war er wieder. Der Apell an meine Papa-Gefühle. Das schwächte mich. Immer gingen mir dabei die Argumente aus. Ich bin eben ein Papa mit mehreren Töchtern. Da muss ich nicht nur hart sein.
Mit einer kleinen Ablenkung versuchte ich das Thema von der „Grünen Woche" in unserer Küche wieder in den Mittelpunkt zu bringen.
„Was gibt es nun Leckeres?" Mein erneuerter versuch eine Ahnung und einen Vorgeschmack auf meine Mittagsmahlzeit zu bekommen.
„Siehst du doch! „Alles in Grün" gibt es heute" Schatzi strahlte mich an. „Haben die Hühner schon ihr Futter?" Ich motzte jetzt etwas.
„Schatz, das merke dir mal. Du Chef im PC-Zimmer und ich Chefin in Küche!! Basta!"
„Ja ja. Alles klar. Und morgen gibt es rote Küche? Rote Zwiebeln in Rotwein, karamellisiert mit pochiertem Rinderfilet, scharf gebacken? Eine Flasche Rotwein?"
„Natürlich mit Preiselbeeren" konterte Schatzi. „Und von der Flasche Rotwein möchte ich nicht nur kosten, wie beim letzten Mal!"
„Ja gut. Ist ja immer ein zweites Glas drin." War Schatzi jetzt genervt?
Da! Da kam es schon:
„Und pochiert? Da muss ich erst noch im Kochbuch nachsehen ob du nicht spinnst. Ich kann mich erinnern, dass das damals auch nicht so glatt ging, als ich dir die Eier pochiert habe."
„Schatz! Ich bitte dich! Niemals!" Jammernd hielt ich meine Hände in den Schritt. So wie eben es Fußballer tun.

Schatzi musste nun doch noch lachen.

Jetzt erklärten wir den heutigen Tag zum „Grün-Donnerstag", weil eben Donnerstag war. Zwar nicht kurz vor Ostern, aber grün und Donnerstag.

•

Schatzi zerstört mein Selbstbildnis

Ich im Selbstversuch
„Schatzi!" rief ich ins Nebenzimmer.
Nichts rührte sich.
Schaaaatziiii" wurde ich jetzt eindringlicher. Etwas plumpste zu Boden. Dann Stille. Fast unheimlich. Etwas berührte sanft meine Schulter.
Ich zuckte zusammen, hob den Blick von der Tastatur und sah mein Schatzi. Einem Engel gleich war sie auf mein Rufen herangeschwebt.
„Musst du mich so erschrecken!" knurrte ich.
„Ich hatte geschlafen. Wenn du nicht so gebrüllt hättest würde ich es noch tun." Schatzi hatte so einen komischen Blick. Ich kann den Ausdruck fast nicht beschreiben. Er wirkte auf mich wie unwirsch-unausgeschlafen. Aber solche Blicke gibt es ja nicht bei Schatzi. Irritiert guckte ich zur Seite.
„Uuuund, was ist nun?"
'Uuuuud' das stand für „unwirsch" – das kannte ich.
„Schatzi, sagte ich nun betont lieb. Schatzilein, weiß du was?" Ich holte lange Luft.
Schatzis Augenbrauen hoben sich, ihre Lippen öffneten sich langsam...
„Schatzi" fuhr ich schnell fort. „Schatzi, weißt was? Ich möchte so gerne wissen wie ich aussehe wenn ich schlafe!"
Schatzi riss die Augen auf, der Mund öffnete sich und... sie holte tief Luft.
Grinsend fragte sie: „Meinst du, wenn du im Sessel einschläfst und dir die Kinnlade runter klappt? Oder meinst du deinen Schlaf wenn ich ins Schlafzimmer gehen muss wenn ich mit unserer Tochter telefoniere?
„Im Schlafzimmer telefonieren? Wieso?"
„Weil Anette schon mehrmals gefragt hat ob sie bei uns immer noch, vor dem Haus, die Bäume beschneiden. Aber wenn du willst kann ich mal ein Foto von dir machen."
Schatzi guckte fragend.

„Neeee. Das ist nicht dasselbe. ICH will ja sehen wie ich aussehe wenn ich schlafe."

„Ist das nicht gleich? Ich fotografiere das doch."

„Du verstehst mich nicht. Wie immer", warf ich noch knurrig hinterher. Schatzi ging nämlich schon wieder aus dem Zimmer.

Lange saß ich unschlüssig da. Von Schatzi kam kein Laut.

Endlich erhob ich mich und ging ins Badezimmer und holte mir einen Spiegel.

Etwas den Monitor beiseite gerückt. Und schon passte der Spiegel auch noch auf den PC-Tisch.

Jetzt noch in den Sessel gesetzt und die Augen geschlossen...

Mein Selbstbildnis soll jetzt vor meinem inneren Auge entstehen.

(Entschuldigt mich bitte. Ab hier beginnt der Selbstversuch.)

•

Schatzi und das Matrjoschka-Prinzip

„Verflixt und zugenäht. Wo ist dieses vermaledeite Dings?"
Schatzis Stimme weckte mich aus meinen Träumen. Ich war nämlich schon dabei mir den Abend des heutigen Tages auszumalen.
Schatzi im engen roten Kleid, schicke Pumps und ein Gesicht wie ein Engel. Einfach atemberaubend. Ich war Schatzi immer noch dankbar, dass sie mich gefunden hat. Damals.
Damals, lange her.
Als ich noch unschlüssig in Schatzis Richtung blinzelte und die Musik schon die neue Tanzrunde begann, kam etwas auf mich zugeschwebt, dass nur ein Engel sein konnte. Als ich sie dann im Arm haltend über die Tanzfläche führte verstand ich kaum, was dieser Engel von mir wollte. Ich sah alles wie durch einen Schleier. Erst ihre liebliche Stimme riss mich in die Wirklichkeit zurück.
„Sie sind wohl nicht oft hier?" hörte ich mich sagen.
„Ich bin oft hier. Natürlich nur mit meiner Freundin. Aber den Abend verbringen wir getrennt" meinte sie.
Musste ich jetzt den Kopf schütteln oder mit dem Kopf nicken?"
Ich war verwirrt. Mein Engel schwebte und schwatzte. Ich verstand nichts, aber es klang herrlich, was sie sagte.
„Au!"
Ich zuckte zusammen und sah zum ersten Mal meine Tanzpartnerin an. Ihr Gesicht war nicht schmerzverzerrt, sondern lächelnd-schelmisch.
„Entschuldigung" murmelte ich. Da hatte ich wohl mit meinen Flurschadentretern ein Paar Tanzschuhe zerstört?
„Nein, nein" meinte sie. „Ich wollte sie nur mal reden hören. Sie sind wohl noch weit weg? Wer ist die Schöne, an die sie denken?"
Jetzt musste ich wohl auch mal meine Zähne auseinander bekommen. Mit leicht kratziger Stimme begann ich mich aus meiner Starre zu lösen.

Kurz und knapp. Ich war der Erwählte. Nicht nur für diesen Tanz, sondern für ein ganzes Leben. Sie hatte mich ausgewählt. Ausgesucht? Gesucht und gefunden? Auserkoren?

Ich sinnierte noch, als Schatzi Stimme erneut ein Schimpfwort formulierte. Es war etwas Ernstes passiert. Das fühlte ich, weil Schatzi bereits die zweite Stufe der Schimpfwortleiter erklommen hatte.

Mühsam erhob ich mich. Das Alter! Jaja. Und natürlich die ungewohnte Kleidung. Ich war nämlich schon zum Ausgehen fertig geschniegelt. Beides hinderte mich daran sofort zu Schatzi zu eilen. Trotzdem! Ich erreichte sie noch, ehe sie weitere Schimpfwörter formulierte.

„Was ist los Schatzi?" Mit leiser, vorsichtiger Stimme näherte ich mich. Ich sah jetzt – Schatzi war erregt. Äußerst erregt. Nur halb bekleidet fuhren ihre Finger in der Schmuckschatulle herum. Dann hob sie alle Deckchen und Döschen und schüttelte sie heftig.

„Mist!"

„Was suchst du mein Augenstern?" Schatzi stutzte und hielt inne. Ihr Blick traf mich. Aber ich konnte darin nicht lesen, ob sie böse mit mir war oder sich veralbert vorkam. Schließlich war sie „Schatzi" und niemals mehr. Wenn ich andere Kosenamen benutzte wurde sie schnell misstrauisch.

„Was suchst du, mein Schatzi" korrigierte ich mich.

Schatzi hob beide Arme und ließ sie enttäuscht wieder sinken: „Ich finde einen Ohrring nicht!"

„Oh" zu mehr Worte war ich nicht fähig. In meinem Kopf kreiste schon das Unheil, das entsteht, wenn eine Frau mit nur einem Ohrring aus dem Haus gehen muss. Ich fühlte mich schuldig und blickte hilflos suchend über den Frisiertisch. Nichts! Und darunter?

„Da habe ich schon überall gesucht" kam es fast weinerlich von Schatzis Lippen.

„Wir müssen uns erinnern, wann und wo du diese Ohrringe zuletzt getragen hast!" schlussfolgerte ich laut.

„So weit war ich auch schon" knurrte es.

„Bei Schulzens, letzten Dienstag?"

„Nein, nein Die Schulzen ist immer so neidisch, wenn ich etwas Schmuck anlege. Sie schätzt mich dann immer so ab, wie ein Juwelier: „Was hat das Zeugs wohl gekostet? Oder: „Der ganze Klimbim macht sie auch nicht hübscher". Nee, dort habe ich die Ohrringe nicht getragen. Das hat sie natürlich wieder zu der Frage veranlasst: „Sie haben doch Ohrlöcher, warum tragen sie keine Ohrringe?". Niemals ist der Schulzen etwas recht".

„Bei deiner Schwester!" konstatierte ich jetzt.

„Ja, da hatte ich die Ohrringe angelegt. Schwesterherz hat einen davon in der Hand gehabt und ihn bewundert: „Was hat dein Mann angestellt, das er dir diese Dinger gekauft hat?"

„Blöde Kuh!. Was die immer denkt" schmollte ich jetzt.

„Naaa. Nichts geht über meine Schwester. Merk's dir, du bist nur angeheiratet. Familie hält zusammen. Wenn der Ohrring dort wäre, hätte sie mich schon angerufen. Das muss woanders gewesen sein".

„Oper" platzte ich heraus.

„Opa? Also Schatz! Mein Opa lebt schon lange nicht mehr.

„Opeeer" buchstabierte ich fast.

„Ah, da trug ich sie. Stimmt. Das du so etwas noch weißt? Männer wissen doch sonst nie, was ihre Frauen tragen. Welche Tasche hatte ich dabei? Na?

„Die kleine Rote!" schnellte ich heraus.

Ein liebevoller Blick von Schatzi traf mich.

„Dann hol' mir das Ding doch mal her. Die liegt ..."

„Ich weiß, Moment" flitzte ich los. Und schon hatte mein Schatzi die kleine „Rote" in der Hand.

Schatzi kippte einfach die Tasche um. Jetzt klapperte und klirrte es nur so auf dem Frisiertisch. Ich riss meine Augen verwundert auf: Das Alles passte also in diese kleine Tasche? Es grenzte an ein Wunder.

„Diese Tasche ist einfach ein Raumwunder" murmelte ich einen üblichen Werbespruch.

„Ich wollte ja schon immer eine andere Tasche, aber du bist einfach zu geizig" kam es jetzt spitz.

Jetzt schwieg ich lieber. Das war kein guter Zeitpunkt über

den Inhalt der Haushaltskasse zu diskutieren.

„Nichts!" Schatzi war enttäuscht.

Wirklich, da lag kein Ohrring auf dem Tisch. Die üblichen Utensilien, ohne die eine schöne Frau nie aus dem Haus geht, aber kein einsamer Ohrring. Mein Gesicht wurde länger. Unentschlossen fuhr ich mit der Hand über die Dinge, die dort lagen. Eine bunte Schachtel erregte meine Aufmerksamkeit.

„Brauchst nicht alles durchschnüffeln" zischte Schatzi.

Ich ließ nicht ab und öffnete die Schachtel.

Verblüfft sah ich noch eine kleine Schachtel in der Schachtel. Sie war ein Reiseandenken, erinnerte ich mich. Ehe ich mich darüber hermachen konnte hatte Schatzi sie schon in der Hand: „Lass ja die Finger von meinen Sachen!" mahnte sie schon etwas entrüstet.

So richtig wichtig war der Inhalt auch nicht. Ein Papiertaschentuch! Wirklich nicht toll.

Schatzi faltete den Zellstoff auseinander und quietschte laut auf: „Da isser ja. Mein Gott, da isser!" Schatzi fiel mir um den Hals. Sie hatte Tränen in den Augen.

Ich war etwas irritiert. Dieser Ausruf und die Freudentränen? Das hätte ich mir gewünscht, als ich damals von meiner Kur zurück war. Aber damals kam nur ein kleines „Schön, dass du wieder hier bist".

Etwas enttäuscht war ich jetzt schon. Ich war wohl nicht ihr Schmuckstück, wie sie sonst immer behauptet. Sogar „Goldstück" hatte sie mich einmal genannt.

Etwas pikiert mahnte ich Schatzi zur Eile: „Die warten nicht auf uns!"

„Bin gleich fertig. Wir haben ja noch Zeit" entgegnete Schatzi.

„So viel auch nicht. Nur noch 30 Minuten!"

„Was? Und das sagst du erst jetzt? Wie soll ich das denn schaffen. Ich sehe ja noch aus wie …"

„Wie ein Engel!" warf ich ein.

Da war er wieder, der liebevolle Blick von meinem Schatzi.

•

Schatzi schläft

Der Dulder – Heute ohne Heiligenschein
Ich wachte auf, als ich einen heftigen Schmerz im Kreuz spürte. Mühsam öffnete ich die Augen und sah um mich. Was ich sah war wirklich nicht erhellend, denn im Zimmer war es noch dunkel. Ich griff nach meiner Taschenlampe, die immer griffbereit auf meinem Nachtisch liegt und beleuchtete die Wanduhr. Es war gerade mal „kurz nach um", d.h. die volle Stunde hatte gerade ihren Atem ausgehaucht. Genauer: Es war kurz nach Mitternacht.
Mühsam versuchte ich zu ergründen, was mir den Kreuzschmerz verursacht hatte. Ich befühlte den Rücken: Nichts. Ein tiefer Seufzer und ich wollte mich wieder in mein Deckbett einkuscheln. Da hörte ich es neben mir leise, fast unhörbar, zischen.
Erschrocken fuhr ich wieder hoch. Ich saß im Bett. Schnell die Nachttischlampe angemacht – und was sah ich? Es war das grimmige Gesicht meines Schatzis. Ich war erleichtert. Dieses Gesicht konnte mir keinen Schreck einjagen. Das kannte ich nämlich. Es zeigte sich immer, wenn ich beim Einkauf die Blumen vergessen hatte oder wenn ich wieder einmal eine Socke unter das Bett geschoben hatte, während die andere Socke schon in der Waschlauge Riesenrad fuhr. Es gab noch andere Kleinigkeiten die ein grimmiges Gesicht erforderten: Hochzeitstage, Geburtstage, Konzertbesuche oder Taschengeld. Das waren gute Gelegenheiten, das Schatzi ihr grimmiges Gesicht zeigte.
Nichts Neues und nichts Erschreckendes für mich. Trotzdem war ich irritiert. Flüsternd frage ich Schatzi (es war schließlich noch Nacht) ob sie gezischt hätte. Laut und bestimmend antwortete sie mir: „Denkst du dabei kann man schlafen, wenn du dich hin und her wälzt und dabei stöhnst? Tut dir etwas weh? Oder geistert dir etwa schon wieder unsere junge Nachbarin im Kopf herum? Merk's dir, wenn du von ihr träumst ist es vorbei mit uns!"
„Klar Schatzi" flüsterte ich.
„Aber was war denn los?" bohrte Schatzi.

„Ach lass uns schlafen" bat ich.
„Nein, nein. So kommst du mir nicht davon. Sonst hast du nichts im Kopf, oder höchstens mal Blödsinn, nun will ich aber auch wissen, was dich so stöhnen lässt. Ich kann mich kaum erinnern, dass du im Dunkeln jemals so gestöhnt hast!"
Ich merkte, dass ich nicht davon kam und meine Nachtruhe für einen längeren Zeitraum ausgesetzt war.
„Ich hatte geträumt" sprach ich leise.
„Aha, dachte ich mir doch! Feuchte Träume also!"
„Aber Schatzi" hob ich abwehrend eine Hand. Was denkst du von mir?"
„Wenn ich mal an dich denke!" meine Schatzi. Das saß. Ich schwieg still.
„Und? Nun erzähle schon. Vielleicht können wir deinen Traum deuten und dein Kummer ist beseitigt".
Ich begann zögernd und leise meinen Traum zu erzählen.
„Ich war irgendwo, wo ein großer Tisch stand. Dahinter saßen drei Leute. Sie blätterten in einer Akte und blickten mich finster an. Ein Zerberus, oder wie die früher hießen, drückte mich auf eine Sitzgelegenheit. Dort saß ich eine Weile still. Als es mir zu lange dauerte erhob ich die Stimme und wollte fragen, was ich hier soll. „Still!" herrschte Einer. Ich schwieg wieder. Alles dauerte Ewigkeiten. Verzweifelt wollte ich mich erheben, aber ich war auf der Sitzgelegenheit wie festgeklebt. Alle Anstrengung half nichts. Also warten.
Die Figur, die die mittlere Position am Tisch einnahm zeigte auf mich und ein Schmerz in der Brust durchfuhr mich. Dazu kam eine barsche Stimme:
„Du hast zeitlebens einen dringenden Wunsch gehabt. Du hast zeitlebens gefordert, dir solle einmal Gerechtigkeit widerfahren! Stimmt das?"
Ich nickte. Als ich versuchte meine Stimme zu benutzen fegte mir die Gestalt schon den ersten Ton weg. „Du kannst hier nichts sagen. Du kannst nur unser Urteil hören! Du bist hier beim „Letzten Gericht", das darüber befindet, ob dein Leben ehrenvoll und vor allem sinnvoll war.

Da du keiner Glaubensgemeinschaft angehörtest, ist auch Gott dafür nicht zuständig. Nicht einmal der Teufel kann dich holen, selbst wenn das viele deiner Mitmenschen in deinem langen Leben für dich gefordert haben. Hier geht es nur darum deine Leistungen zu bewerten.
Fangen wir mit deiner Geburt an:
Damals machtest du deinen Eltern teils Freude, teils Ärger. Dein Vater lief mit geschwellter Brust in jede Kneipe, die am Wege lag, während deine Mutter sich mit dir herumquälte. Als du dann auf der Erde warst wurde es nicht viel besser. Dein Vater spielte mit dir herum, deine Mutter musste sich die Nase zuhalten, wenn sie deine Windeln spülte.
Das sei dir verziehen. Es ist verjährt.
Essen, spielen, essen. Dachtest du so kannst du durchs Leben gehen? Zum Glück hast du Lesen und Schreiben gelernt. Es entlastete deine Eltern etwas. Aber musstest du unbedingt herauskehren, dass du nun mehr Bildung hattest als sie? Das war zwar eine Tatsache, aber dir hätte Mäßigung geziemt."
Jetzt musste ich doch grinsen. Diese altmodische Sprache. Wer waren diese drei Gestalten?
Es ging aber schon weiter:
„Wir rechnen es dir hoch an, dass du deine Lehrerin nicht verprügelt hast, als sie dir morgendlich, bei jedem verspäteten Auftauchen zum Unterricht, mit den hochkant gehaltenem „Fünfe" über die Fingerknöchel zog. Das zeugte von Beherrschung. Und es zeugte von großer Beherrschung, dass du keine dummen Sprüche über sie an die Tafel maltest.
Weiterhin ist hier positiv vermerkt, dass du nie Prügeleien begonnen hast. Es war immer Selbstverteidigung. Deinem Professor hast du während des Studiums manchmal widersprochen, aber du hast ihm das Recht überlassen, dass er immer Recht hat. Brav!
Alle deine Abschlusszeugnisse waren ehrlich erworben. Es zeugte von Wissen, das Wissen anderer so zu nutzen, dass es wie dein eigenes erschien.
Dein Arbeitsleben zeugte von deiner großen Geduld und Demut. Immer hast du verschwiegen, dass deine Vorgesetz-

ten wesentlich dümmer als du waren. Immer hast du ertragen, wenn deine Kollegen Lügen über dich verbreiteten. Das rechnen wir hier hoch an.
Es ist hier noch dein Nachwuchs vermerkt. Durch ihn konntest du erleben, was du deinen Eltern angetan hast. Es ist wie auf einer Waage. Es hat sich ausgeglichen.
Du hörst auf deine Frau. Das ist Lobenswert. Denn das Weib ist es, was dich vorantreibt. Du hast gut daran getan nicht viele Weiber gleichzeitig zu haben, dann wärst du ein Getriebener geworden.
Wir haben hier noch zu stehen, dass du ein Ungläubiger bist. Du hast nie den Worten einer Glaubensgemeinschaft geglaubt, auch wenn sie sich Regierung nannte. Niemand konnte deine Meinung zu seinen Gunsten beeinflussen. Gut!
Es ist dir noch ein langes Leben beschieden. Trotzdem hatten wir dich heute schon vorgeladen. Uns hat es froh gestimmt so einen Erdenbürger vor unseren „Letzten Gericht" zu sehen, wie du es bist. So schenken wir dir den Rest deines Lebens. Möge es noch lange dauern.
Der Ausschuss hat beschlossen, dich in besonderer Weise zu ehren. Aber ..." Der Sprecher machte eine Pause. „Wir haben hier keinen Heiligenschein zu vergeben. Diese Dinger vergibt irgendeine Glaubensgemeinschaft, wenn sie das Gefühl hat, dass die Welt zu dunkel geworden ist.
Nein, einen Heiligenschein wirst du nicht erhalten. Es wird heller um deinen Kopf werden. Manche werden es als graue Haare bezeichnen, andere als Glatze. Aber bedenke: Nichts entsteht ohne Grund!"
Ich holte tief Luft. Dann sah ich zu Schatzi.
Schatzi war bei meiner Erzählung sanft eingeschlafen. Ich freute mich. So war es auch immer gekommen, wenn ich meinen Kleinen die „Gute Nacht-Geschichte" erzählte. Auch heute hatte meine Erzählung nicht ihre Wirkung verfehlt.
Morgen wird sie von nichts mehr wissen und mich, nach erholsamem Schlaf, glücklich anlächeln.
Ich griff auf meinen Kopf und fühlte die kahlen Stellen, die seit einiger Zeit immer größer wurden.

Jetzt drehte ich mich auf meine „Schlafseite", kuschelte mich ein und dachte etwas darüber nach, welche Garderobe ich am Morgen zu meinem Heiligenschein wählen könnte.
•

Schatzi sieht alles anders

„Hach, ist das schön hier."
„Ja" seufzte ich zustimmend.
„Heute ist der Himmel wieder besonders blau."
Ich nickte zustimmend.
„Was sagst du, Schatzi?"
„Schön blau" flüsterte ich.
„Dass du das auch siehst wundert mich. Du rennst doch nur immer durch die Gegend und guckst jedem Rockzipfel hinterher."
„Stimmt doch gar nicht" protestierte ich energisch, aber der Stimmung angepasst, recht leise.
„Klar. Gerade vorhin wieder. Da verdrehte sich dein Hals so sehr, dass ich schon in Bewunderung ausbrechen wollte. So kann ich meinen Kopf nicht mehr drehen. Da knirscht es immer."
„Und mit den Zähnen knirscht du auch immer. Besonders nachts"
Hiermit setzte ich mich, immer noch leise, zur Wehr.
"Was heißt hier übrigens Rockzipfel? Es ist bestimmt schon Jahre her, dass ich eine Frau gesehen habe, die einen Rock getragen hat. Trotzdem gerade zippelnde Röcke wieder in Mode sind. Die werden gerade über den „Roten Teppich" getragen."
„Wo? Gestern im Hotel?"
„Quatsch, bei der Gala gestern im Fernsehen!"
„Gala? Ach ja. Da war ja der Clowni, oder wie der heißt. Der immer Kaffee trinken muss aus solchen Plastiknäpfchen. Der hatte aber keinen Rock an. Sah richtig gut aus der Kerl. Könntest dir mal ein Beispiel nehmen. Der ist immer korrekt angezogen, selbst wenn er als Ganove im Film mitspielt."
„Willst du einen Mann oder einen Ganoven?"
„Einen Mann natürlich. Trotzdem du immer wie ein Ganove aussiehst. Könntest dich mal wieder rasieren!"

Schatzi kuschelte sich an meinen Arm und lächelte mich an.

„Aber schön ruhig hier!" stellte Schatzi noch einmal fest.
Ich nickte zustimmend. Da knackte es doch in meinem Genick.
„Huch, Schatz. Hast du dir einen Wirbel gebrochen?" Schatzi fuhr mir mit einer Hand ins Genick. Ich zuckte zusammen.
„Ha, du zuckst ja immer noch zusammen, wenn ich deinen Hals berühre. Genau wie früher. Damals, weißt du noch?"
„Wenn du mit deinen kalten Fingern ins Genick fährst, ist das kein Wunder" konterte ich.
Schatzi schubst mich in die Seite: „Wo bleibt da die Romantik?" kuschelte sich Schatzi fester an mich.

Ein junger Mann ging an unserer Bank vorbei. Neben ihm trippelte ein kleines Mädchen, das gerade so groß war, dass sein Kopf bis zu seiner Hüfte reichte. Die Kleine sah niedlich aus.
„Siehst du, die Kleine trägt noch ein hübsches Faltenröckchen" flüsterte ich meinem Schatzi zu.
„Ja, aber er hat aber knackige Waden. Ob er Radrennen fährt?"
Ich schwieg eine lange Zeit.

„Schön ruhig hier" flüsterte ich in das Ohr von Schatzi.
„Ja, ja das kenne ich schon von dir. Jetzt kommt noch: „Und der Himmel ist so blau" und „Wir könnten doch mal wieder Mittagsschlaf halten".
Aber heute lass ich mir den Tag von dir nicht verderben. Ich genieße die Stille und erwarte von dir auch mal, dass du zeigst, dass du Schweigen kannst."
Ich sah schweigend zum blauen Himmel hinauf.

•

Schatzi, was schenkst du mir?

Das Jahr war wieder einmal herum. Ich konnte es kaum glauben, dass 365 Tage wie ein Tag vergehen.
Fast hätte ich das große Datum verpasst, aber ich habe ja Schatzi. Schatzi ist nicht nur eine gute Seele, Schatzi ist auch ein Kalender. Sie kann alle Geburtstage, Kindstaufen, Jugendweihen, Konfirmationen und Hochzeitstage von jedem in unserer Familie aufsagen.

Gut. Das ist etwas übertrieben. Nicht einfach so aufsagen wie ein Gedicht. Mehr so wie eine Antworttante. Immer wenn ich einen Ehrentag nicht weiß, kann ich Schatzi fragen. Das ist praktisch. Erstens kommt es meiner typisch männlichen Mentalität entgegen; zweitens muss ich keinen „Kalender für gefährliche Tage" führen.

Jetzt war es wieder einmal so weit.
„Weißt du, welcher Tag bald kommt?"
Geschickt guckte ich in die Rätselzeitung und murmelte Wörter vor mich hin. Das Unheil schien abgewendet.
Beim Abendbrot hörte ich schon wieder eine Frage, die nur in einer Falle enden konnte: „Schatz! Du weißt doch, welcher Tag bald ist?"
Au! Einer so direkten Frage ausweichen? Ich griff mir noch schnell noch ein Brötchen und schob es mir fast im Ganzen in den Mund.
„Nö, Schatzi" schmatze ich kaum verständlich. Gemein war es ja von ihr, meinen Namen der Frage voran-zustellen. Da konnte ich nicht ausweichen. Von mir wollte sie etwas wissen. Aber was?

Alle mir namentlich bekannten Feiertage ratterten durch meinen Kopf:
Mein Geburtstag? - Noch lange hin.
Vatertag? - Wenn ich an den letzten Vatertag denke, so fehlen mir ganze Stunden davon. Das ist wohl nicht gemeint.

Meine Führerscheinprüfung? - bestimmt nicht. Der Fahrlehrer strahlte mehr als ich, als ich den Lappen bekam. Und Schatzi meine nur: „Jetzt haben wir endlich wieder Geld in der Haushaltskasse."

Zärtlich griff Schatzi nach meiner Hand: „Denk doch einmal nach, das ist nicht schwer. Es war unser schönster Tag!"
Jetzt wurde es noch komplizierter.
Meinte sie den Tag, als ich sie damals rumkriegte, mit mir zu tanzen?
Oder war das der Tag als ich meinen Nachwuchs, in der Geburtsklinik sah?
Wann war das noch, als das letzte unserer Kinder das Haus verließ, und meinte. „Jetzt mache ich aber alles besser als ihr"?

Da hatten wir ausgesorgt. Also, ich meine – wir mussten uns keine Sorgen mehr machen. Sollen sie sich ihre Beulen holen, sagten wir. Wir waren noch dabei, die unseren zu vergessen.

Ewig konnte ich auch nicht Brötchen kauen. Ich fragte also vorsichtig: „Meinst du einen bestimmten Tag?"
„Aber ja" strahlte sie mich an. „Naaaa? Sag schon!"
„Ach weißt du Schatzi, wir hatten so viele schöne Tage in unserem Leben. Da waren unsere Reisen. Dann waren da noch unsere erste Wohnung und als ich damals nach vielen Jahren eine Gehaltserhöhung bekam."
„Quatsch! Viel einfacher! Damals hast du mir Blumen geschenkt, übrigens das erste und letzte Mal. Und wir sind dann Taxi gefahren!"

Daran konnte ich mich erinnern. So einschneidende Maßnahmen hatte ich später nie wieder ergriffen.
„Wir haben bald Hochzeitstag!"
„Der Kandidat bekommt einhundert Gummipunkte!" strahlte Schatzi.
„Und wann haben wir Hochzeitstag?"

Ich guckte interessiert mein Schatzi an „Na, wann denn?"
„Das aber ich dich doch gefragt. Mensch rede dich nicht immer heraus!"
So sind die Frauen. Kaum hat Mann mal eine kleine Frage so dreht Frau alles herum und Mann hat den „Schwarzen Peter".
„Es ist im Februar" trotzte ich jetzt.
„Und wann im Februar?"
Die Inquisition war noch nicht beendet. Ich sollte unbedingt ein Geständnis ablegen.
„Am 23?"
Meine Antwort klang sehr nach einer Frage.
„Du bist richtig gut. Nur einen Tag daneben. Ich habe wohl doch den besten Mann der Welt bekommen. Die Männer meiner Freundinnen wissen nicht einmal den Monat, das Jahr schon gar nicht."
Jetzt trumpfte ich mächtig auf und nannte ihr das Jahr unserer Heirat.
Schatzi war perplex.
„Daran erinnerst du dich? Nach so langer Zeit?"
„Wieso lang? Mit dir war mir kein Tag zu lang – geschweige das Jahr".
Wie kam ich jetzt auf so einen genialen Satz? Hatte ich den gerade gelesen? Jedenfalls hatte ich das Richtige gesagt. Schatzi schmolz dahin wie die Butter auf dem Abendbrottisch.

Jetzt konnte ich endlich aufatmen und mich meinem Espresso zuwenden. Der wäre beinahe kalt geworden. Ich sah in das leuchtende Gesicht meines Schatzis und genoss den letzten Schluck.
„Und was schenkst du mir?"

Ich verschluckte mich und hustete unbeherrscht. Ich musste mehrmals tief Luft holen, um wieder eine normale Gesichtsfarbe zu bekommen.
„Schenken? Haben wir uns immer etwas zum Hochzeitstag geschenkt?"

„Nein! Mehr als ein Lächeln habe ich nie von dir nie bekommen. Manchmal hattest du noch einen Glückwunsch gemurmelt. Daraus war aber nicht zu erkennen, ob du mir dazu gratulierst, dass ich dich geheiratet habe oder dass du mich endlich bekommen hast."
„Aber ich hatte doch nie Geld" entschuldigte ich mich.
„Immer wenn ich etwas Geld verdient hatte, habe ich dir alles gegeben, bis auf das Kleingeld, das ich für meine Hobbys benötigte. Da blieb nicht mehr."

Schatzi nickte. Dann verfiel sie in Schweigen. Ob es bedeutungsvoll war, konnte ich nicht erkennen.
Nach einer längeren Pause, in der ich bereits Lust verspürte mit einem flotten Satz die Situation zu entschärfen, seufzte Schatzi.
Ich hielt den Atem an. Das kannte ich. Wenn Schatzi seufzte, war es nicht ratsam hörbar zu atmen. Sie war dann so gedankenschwer, dass ich fast unter dem Vulkan, der dann aus sie heraus brach, zusammenbrach.

„Du musst mir nichts schenken!"
Ich holte ganz tief Luft und guckte Schatzi an. Was kommt jetzt? Sagte mein Blick.
„Ich habe mir etwas überlegt!"
Wieder eine Pause.
„Ich werde mir die Hüfte operieren lassen!"
Ich schluckte.
„Wie kommst du darauf? Was hat das mit unserem Hochzeitstag zu tun?" würgte ich ratlos heraus.
„Ach, du kleines Dummerchen. Operiert werden muss sein. Ich kann jetzt vor Schmerzen kaum noch laufen. Und es kostet fast nichts, so zusagen fast geschenkt. Und du bist dann auch fein raus." Schatzi grinste mich schelmisch an.

„Eine Operation ist fast kostenlos. Dann noch eine Woche im Zweibettzimmer mit Vollpension" fügte sie noch hinzu.
Das mit dem „kleinen Dummerchen" musste sie später zurücknehmen. Ich bin schließlich 1,76 m.

Ach mein Schatzi! Ich habe sie ganz viel geknuddelt. Immer weiß sie Rat. Jetzt war ich aus meiner Verlegenheit. Die Krankenkasse bezahlte ein neues Hüftgelenk und ich konnte Schatzi dann wieder in ein schönes Restaurant führen.

Das hat die Gleichberechtigung endlich geschafft. Schatzi muss mir jetzt nicht mehr heimlich die Geldbörse unter dem Tisch durchreichen, wenn die Kellnerin die Rechnung bringt.
Meine Stimmung hellte sich wieder auf.
Einige Tage riss ich kleine Witzchen über die neue stahlharte Hüfte. Aber Schatzi grinste nur gequält.

Der große Tag war heran. Operation, danach Rehabilitation.
Jetzt witzelten wir schon wieder gemeinsam.
Wieder zuhause angekommen konnte ich um mein Schatzi herumwirbeln und nach ihren Wünschen fragen. Kleine Bring- und Holdienste.
Die Mahlzeiten zubereiten machte am meisten Freude.
Schatzi bekam jetzt alle Gerichte vorgesetzt, die wir schon vorher gemeinsam geplant hatten, um uns zu Sonn- und Feiertagen einen guten Schmaus auf den Tisch zu stellen.
Aber auch die Waschmaschine bekam einen neuen Meister.
Ich will mich nicht zu sehr loben, aber ich ging förmlich in meiner Rolle als Hausmann auf.
Niemals versäumte ich es mein Schatzi zu fragen, ob ich auch alles richtig mache und ob es ihr gefällt.
Schatzi lächelte nur dankbar nach meiner beinahe stündlichen Fragerei.
Es ging Schatzi beinahe wieder gut und ich freute mich, dass ich mein umfangreiches Können unter Beweis stellen konnte.

Ja, so kam ich um diese Sache mit dem Geschenk zum Hochzeitstag herum. Ich will das hier nicht als Tipp weiter geben, aber auch Kumpel Gerhard meinte: „Mann, da haste aber Massel gehabt!"

Noch einen kleinen Nebeneffekt gab es.
Ich konnte sehen, wie mein Schatzi laufen lernte.
„Zum zweitem mal" sagte sie grinsend.
„Beim ersten Mal warst du ja nicht dabei! Da half dir auch nicht, dass du früher geboren wurdest!"
-

Der Autor

Arno E. Müller,
wohnhaft in Potsdam.
Jahrgang 1939.
Druckermeister

Als Rentner blieb ihm endlich Zeit Hobbys zu pflegen.
Das Fotografieren übte er sporadisch schon seit dem 16. Lebensjahr aus, das intensive Schreiben erst seit einigen Jahren.
Im Leben ist er fast immer ernst, doch sind die Kurzgeschichten von heiterer Art.
•